С убийцей

Петр Боборыкин

С убийцей

© Индоевропейских Издание , 2021

ISNB: 978-1-64439-565-3

СОДЕРЖАНИЕ

С УБІЙЦЕЙ

Ne cherchons pas les explications des catastrophes conjugales dans ce qui suit le mariage; elles sont toutes dans ce qui précéde.

A. Dumas-fils
(Изъ частнаго письма)

I

Его привезъ изъ крѣпости адвокатъ Завацкій.

Въ квартирѣ, гдѣ я вбивала каждый гвоздикъ, все было готово къ принятію Николая. Меня тянуло — точно я была загипнотизирована — въ сѣни, на лѣстницу, на крыльцо. Когда по звуку колесъ я узнала, что это ихъ карета, я не выдержала и бросилась за лѣстницу.

Николай тяжело поднялся на предпослѣднюю площадку.

У меня закружилась голова. Я очнулась у него на колѣняхъ. Маленькій диванчикъ площадки случился тутъ.

На меня съ испугомъ смотрѣло его милое, исхудалое лицо. Онъ очень измѣнился — очень: щеки впали и глаза красны. Волосы еще отросли. И весь онъ былъ такой трепетный. Въ рукѣ его — горячей и влажной — пробѣгали нервныя струйки.

— Полно, Дима! Я съ тобою! Я съ тобою!— повторялъ онъ.

Я обняла его... искала его губъ. Но онъ смутился... Тутъ-же стоялъ Завацкій, въ длинномъ, модномъ пальто, и поглядывалъ на насъ въ свое черепаховое pince-nez, съ усмѣшкой... Меня это выраженіе покоробило и мнѣ стало вдругъ стыдно, что я при чужомъ — на колѣняхъ у Николая.

Какъ это было глупо! Чего-же мнѣ стыдиться? Онъ — мой мужъ. Цѣною какихъ нравственныхъ страданій пріобрѣли мы право на ласку и любовь!

— Идемъ, идемъ!— шептала я, смущенная.

— Не стѣсняйтесь — сказалъ Завацкій, отвернувшись къ периламъ площадки.

Въ передней мы, вмѣстѣ съ Ѳеней, стали стаскивать съ Николая пальто. На немъ все платье какъ-то странно сидѣло, точно онъ разучился одѣваться. И весь онъ казался разбитымъ, съ такимъ выраженіемъ глазъ, какого я еще не видала у него

1

никогда. Не безумная радость, а что-то другое было въ нихъ, и это холодной капелькой капнуло мнѣ на сердце.

— Ты голоденъ?— спросила я, вводя его въ столовую.

Завтракъ былъ готовъ. Столъ аппетитно убранъ и вся столовая смотрѣла такъ нарядно.

Я пригласила позавтракать и Завацкаго. Вѣдь онъ защитникъ. Его блестящая рѣчь подѣйствовала на судъ, и вмѣсто годового заключенія въ крѣпости, Николая присудили только на шесть мѣсяцевъ. И въ эти полгода, и во время слѣдствія и суда, Завацкій велъ себя какъ джентльменъ. Старался и меня утѣшать... Быть можетъ больше, чѣмъ я-бы сама желала.

Адвокатъ принялся острить, разспрашивая Николая о его сидѣньи. Онъ собираетъ матеріалы для "психологіи узниковъ", какъ онъ шутливо выразился. Николай отвѣчалъ вяло. Разговоръ вообще не клеился. Мнѣ стало досадно на то, что Завацкій не отказался завтракать. Правда, онъ, послѣ кофе, тотчасъ-же ушелъ.

Мы остались одни. Была такая минута, когда мы, проводивъ Завацкаго до передней, вернулись въ кабинетъ Николая и остановились одинъ противъ другого. Мнѣ — я стояла спиной къ окнамъ — было видно все лицо Николая. Въ глазахъ его не зажглось искры. На поблѣднѣвшихъ губахъ явилась улыбка, и эта именно улыбка смутила меня.

Онъ протянулъ мнѣ руки какимъ-то неопредѣленнымъ жестомъ. Я обняла его и прижалась.

Тихо подвелъ онъ меня къ дивану. Мнѣ стало вдругъ неловко. Я не могла цѣловать его, а внутри у меня все дрожало отъ потребности ласки. И захотѣлось плакать, но не отъ радости.

— Вотъ ты и у себя — сказала я, не находя настоящаго слова.

— Да, Дима,— отвѣтилъ онъ, держа меня за талію, но не крѣпко, не страстно — и даже не заглянулъ мнѣ въ лицо.

— Такъ я стосковалась, Николя... въ послѣдніе мѣсяцы особенно. Если бы не устройство квартиры — просто-бы не знала, что съ собою дѣлать. А вѣдь мы могли-бы видѣться.

Онъ взглянулъ на меня въ бокъ и повелъ плечами.

— Ты знаешь, почему такъ вышло, Дима.

Я знаю! Потому-что онъ не хотѣлъ этого. Мы были уже мужъ и жена — законно вѣнчаны — когда начался судъ надъ нимъ за дуэль съ моимъ первымъ мужемъ. И на судѣ Николай держалъ себя такъ, точно будто я не жена его. Моего имени почти и не упоминалъ. Въ крѣпости мы могли-бы часто видаться, стоило только объ этомъ попросить. Вѣдь онъ былъ самый обыкновенный арестантъ. Сидѣть за дуэль! Это не считается ни важнымъ, ни позорнымъ.

Николай написалъ мнѣ большое письмо, гдѣ настаивалъ на томъ, что будетъ "порядочнѣе" не видаться... Почему порядочнѣе? Я протестовала. Но онъ опять сталъ убѣждать меня — написалъ цѣлую диссертацію. Я тогда подчинилась. Писала я ему въ первый мѣсяцъ каждый день. Потомъ я заболѣла... Потомъ надо было ѣхать по дѣламъ. Потомъ устраивала квартиру. Такъ прошло нѣсколько мѣсяцевъ... Николай сидѣлъ ровно полгода.

— Теперь,— сказала я,— никто уже насъ не разлучить. И ты — у себя, Николя. Посмотри, такъ-ли я все уставила здѣсь? Ты вѣдь узнаешь свой кабинетъ?

Онъ оглянулъ комнату. Она была обширнѣе кабинета въ его холостой квартирѣ. Я прибавила новый шкапъ, нѣсколько креселъ, этажерокъ, столиковъ. Смотрѣло и солидно, и нарядно.

— Все очень мило,— выговорилъ онъ и поцѣловалъ мою руку.— Но эта квартира слишкомъ велика для насъ...

Онъ не договорилъ. Но я знаю, что его смущаетъ. Когда мы завтракали, онъ посматривалъ на отдѣлку столовой. Я ее измѣнила противъ той, что была въ квартирѣ на Сергіевской. Но нѣкоторыя вещи онъ сейчасъ узналъ. Обстановка принадлежала на половину мнѣ; ему это извѣстно. Спальню теперь не узнаешь, и у меня есть будуаръ. Для гостиной я обмѣнила мебель. Есть многое изъ его холостой квартиры. И все-таки его что-то смущаетъ.

— Зачѣмъ намъ такое помѣщеніе?— спросилъ онъ, помолчавъ, и взялъ меня за руку.

А я все еще чувствовала себя скованной. Такъ-бы и прильнула къ нему, схватила-бы его, подняла и стала прыгать отъ радости! Его тонъ, лицо — всего больше глаза — замораживали меня.

— На твои средства я, Дима, жить не согласенъ,— выговорилъ онъ съ усиліемъ.— Заработка у меня нѣтъ... Мѣста я лишился...

— Все будетъ, Коля!.. Насъ двое... Только-бы держаться такъ, вдвоемъ.

Я опять припала къ нему головой на плечо. Онъ поцѣловалъ меня въ волосы. Эта ласка согрѣла меня; но что-то, точно холодная змѣйка, проползло между нами.

Такъ провести первыя минуты, съ глазу на глазъ, не ожидала я.

II

Его продолжаетъ безпокоить то, что онъ теперь безъ собственнаго заработка. Это мнѣ очень непріятно. Съ какой стати раздражать себя, въ первые дни нашей жизни на свободѣ, такими преждевременными заботами?

Во-первыхъ, у него есть кое-какія сбереженія. Положимъ, не Богъ знаетъ что; но вѣдь онъ не нищій. Если онъ потерялъ мѣсто изъ-за дуэли съ моимъ первымъ мужемъ, то изъ этого не вытекаетъ, что ему теперь нѣтъ никакого хода. Въ послѣдніе мѣсяцы я почти не бывала нигдѣ и не знаю что говорятъ про насъ въ тѣхъ кружкахъ, гдѣ насъ помнятъ; но я не думаю, чтобы на него именно падали какія-нибудь нареканія. На процессѣ публика ему сочувствовала и когда сдѣлался извѣстенъ приговоръ, очень многіе жалѣли о немъ: мнѣ это передавалъ Завацкій. Если кому досталось, то скорѣе мнѣ, да и то только отъ господина прокурора,

Стало быть, что-же ему бояться? У него есть сослуживцы, товарищи. Я увѣрена, что не пройдетъ и какого-нибудь мѣсяца — ему ничего не будетъ стоить получить мѣсто. Для этого, конечно, надо возобновить свои знакомства, а Николай, вотъ уже который день, почти никуда не выходитъ, жалуется на мигрени, запирается у себя въ кабинетѣ, что-то такое пишетъ. Я догадываюсь, что онъ велъ свой дневникъ, когда сидѣлъ въ крѣпости. Спросить объ этомъ мнѣ неловко.

И вообще я замѣчаю, что въ эти нѣсколько дней у насъ какъ-то не установилось настоящаго тона. Меня какъ будто что сдерживаетъ, чего прежде никогда не было, съ тѣхъ минутъ, какъ мы стали близки другъ къ другу. Вызывать его на объясненіе я просто не рѣшаюсь, не то что не хочу, а именно не рѣшаюсь. Что-то говоритъ мнѣ: "если ты разбередишь его душу, то можешь вызвать такой взрывъ, послѣ котораго не будетъ, пожалуй, никакого возврата къ прежнему".

Наши завтраки и обѣды съ глазу на глазъ проходятъ въ отрывочныхъ разговорахъ. Я, конечно, стараюсь ихъ оживлять, но, кажется, это стараніе чувствуется.

— Отчего ты не повидаешься съ Еремѣевымъ?— спросила я его вчера за обѣдомъ.— Вѣдь ты былъ съ нимъ всегда въ очень хорошихъ отношеніяхъ... кажется вы даже на ты?

— Да, на ты,— отвѣтилъ Николай какъ-бы нехотя.

— Онъ человѣкъ со связями.

— Что ты хочешь сказать этимъ? Клянчить черезъ него мѣстечко!

— Почему-же клянчить?

— Я не понимаю,— продолжалъ Николай, метнувъ на меня быстрый и раздраженный взглядъ,— я не понимаю,— повторилъ онъ,— какъ ты не можешь этого сообразить. Еремѣевъ занялъ мѣсто Ивана Андреевича.

Въ первый разъ Николай, по возвращеніи изъ крѣпости, назвалъ такъ Тарутина.

— Ну такъ что-жъ изъ этого?

Онъ пожалъ плечами и не сразу отвѣтилъ;

— Право, чѣмъ больше я вглядываюсь въ то, что составляетъ душу женщины, тѣмъ болѣе я убѣждаюсь, что у васъ какая-то особенная совѣсть.

Эти слова произнесены имъ были съ двойственной усмѣшкой, не рѣзко, не зло; но все-же такъ, что меня всю передернуло.

Ничего подобнаго, годъ тому назадъ, онъ не въ состояніи былъ-бы выговорить. Сколько разъ, въ тѣ свиданія, какія были у насъ, Николай съ такой убѣжденностью и съ такимъ энтузіазмомъ преклонялся передъ женщиной, признавая за нею гораздо больше нравственной чуткости, доказывалъ: какъ большинство мужчинъ грубы въ своихъ инстинктахъ, какъ они мало достойны тѣхъ беззавѣтныхъ привязанностей, какими мы ихъ очень часто награждаемъ, очертя голову.

Я ничего ему не возразила и только значительно поглядѣла на него.

Онъ понялъ этотъ взглядъ.

— Ты желаешь, чтобы я пошелъ къ моему товарищу, занимающему какъ-разъ постъ Ивана Андрееевича?..

— Это случайность!— вырвалось у меня.

— Въ жизни никакихъ нѣтъ случайностей, все держится за строгій законъ. По научному это называется детерминизмомъ, тебѣ, конечно, извѣстенъ этотъ терминъ — а попросту судьбою. И эта судьба — въ насъ самихъ, ни въ комъ больше. Во всякомъ случаѣ, согласись, что мнѣ было-бы крайне тяжело являться, хотя-бы и къ пріятелю, съ задней мыслью похлопотать о мѣстечкѣ. И какъ разъ къ тому, кто сидитъ на мѣстѣ человѣка... убитаго мною.

Николай проронилъ эти два слова чуть слышно, но такимъ звукомъ, что я вся вспыхнула.

Протянулась длинная пауза.

Во мнѣ все закипѣло. Но не женская вздорность заставила меня возмутиться. Съ какой-же стати любимый человѣкъ, знающій прекрасно какъ онъ любимъ — хотя-бы и обмолвился такими словами? Но онъ не обмолвился.

Да, онъ правъ. У мужчинъ тоже не та совѣсть, какъ у насъ. Никогда, никакая женщина, если только къ ней кроется капля привязанности, не позволила-бы себѣ, въ такомъ точно положеніи, смутить любимое существо подобнымъ напоминаніемъ. Никогда!

Съ какой стати было произносить эти слова? Онъ убилъ моего перваго мужа?! Убилъ — не изъ-за угла, а подставляя свою грудь на дуэли. Вѣдь не онъ его вызвалъ? Если Иванъ Андреевичъ оказался человѣкомъ, неспособнымъ великодушно отнестись къ тому, что произошло, то кто-же въ этомъ виноватъ? Лучше было-бы, если-бъ мы продолжали цинически и пошло обманывать его, какъ дѣлается это въ безчисленныхъ "ménages à trois"? Я прожила съ нимъ нѣсколько лѣтъ честно, безукоризненно, и не знала любви. Онъ былъ, или считался, хорошимъ человѣкомъ, но что такое "хорошій человѣкъ", когда онъ совершенно чуждъ вашему сердцу, когда это сердце заговорило, наконецъ, и захватило васъ страстью? Развѣ Николай не доказывалъ мнѣ сотни разъ, что этотъ мужъ не понимаетъ и не можетъ понять такой натуры какъ моя, что мы имѣемъ полное нравственное право "устранить" его, что наше поведеніе вполнѣ безупречно, особенно съ той минуты когда на откровенное признаніе жены, сказавшей ему, что она не можетъ уже больше быть его женою, онъ отвѣчалъ цѣлымъ рядомъ поступковъ, которые показывали, какая въ немъ крылась жесткая, безпощадная натура, не знающая ничего, кромѣ формальнаго чиновничьяго догмата.

Я первая попросила Ивана Андреевича возвратить мнѣ мою свободу. Онъ сталъ вымещать на мнѣ свои супружескія права и добился того, что я потеряла къ нему даже всякую жалость и то уваженіе, къ какому онъ прежде пріучилъ меня. Потомъ Николай пошелъ къ нему и такъ-же искренно, смѣло предложилъ: возвратить мнѣ свободу. Между ними вышло столкновеніе. Если даже предположить, что Николай, по горячности, нанесъ ему оскорбленіе словомъ, все-таки-же въ Иванѣ Андреевичѣ крылось рѣшеніе вызвать того, кто у него отбилъ жену. Такъ передавалъ мнѣ сцену Николай; такъ оно и должно было случиться.

Дуэль есть дуэль. Или оба цѣлы, или одинъ погибнетъ. Но спрашивается: кто изъ нихъ обоихъ сильнѣе жаждалъ смерти другого? Допускаю, что тотъ, кто, вульгарно выражаясь, отбилъ у мужа жену. Для него не было иного исхода. Если-бы Иванъ Андреевичъ остался живъ, онъ, по доброй волѣ, не далъ-бы мнѣ развода: онъ мнѣ это прямо сказалъ и въ первое наше объясненіе, и во всѣ слѣдующія.

Неужели Николай знаетъ и понимаетъ все это хуже меня? И все-таки у него вырвались эти неумѣстныя, тяжелыя слова.

Я говорю "вырвались". Полно, такъ-ли? Хотя онъ произнесъ ихъ очень тихимъ голосомъ, но въ этомъ голосѣ я зачуяла какое-то особенное вздрагиваніе, говорившее о томъ, что онъ врядъ-ли смотритъ на исходъ своей дуэли, какъ я на него смотрю.

— Если такъ разсуждать,— сказала я, съ трудомъ сдерживая свое волненіе — то ты теперь не смѣешь ни съ кѣмъ говорить о себѣ, искать занятій, мѣста, потому только, что у тебя была дуэль съ человѣкомъ, съ которымъ ты вмѣстѣ служилъ? Это очень странно. Наконецъ, если тебя это тревожитъ больше, чѣмъ слѣдовало-бы, если тебѣ непріятно видѣть даже тѣхъ, кто, навѣрно, относится къ тебѣ хорошо, съ сочувствіемъ — какая надобность сидѣть въ Петербургѣ? Мы могли-бы уѣхать на мѣсяцъ, на два, куда тебѣ угодно, хочешь въ Крымъ, хочешь за-границу. Ты высидѣлъ шесть мѣсяцевъ въ одной камерѣ, нервы твои, да и весь организмъ нуждается...

— Въ чемъ? Въ отдыхѣ?— спросилъ онъ, насмѣшливо улыбнувшись.

— Не въ отдыхѣ, а въ другихъ впечатлѣніяхъ. Тамъ мы будемъ совсѣмъ одни, многое забудется...

— Покорно благодарю!— закричалъ онъ и почти злобно засмѣялся.— Что-же это такое? Un voyage de noce? Этого еще недоставало! И на какія средства?..

— Николай,— прервала я,— тебѣ не грѣшно? Ты не можешь какихъ-нибудь два-три мѣсяца позволить мнѣ раздѣлить съ тобою то, что я имѣю?.. Я не понимаю такой щепетильности... между нами?— спросила я съ удареніемъ.

— Конечно, конечно!— съ горечью подхватилъ онъ.— Женщины многаго не понимаютъ. То, что для насъ — категорическое требованіе нашей совѣсти, то для нихъ — щепетильность!

И вставая изъ-за стола, онъ бросилъ мнѣ, уходя въ кабинетъ, возгласъ:

— Никогда я не позволю себѣ такой voyage de noce, никогда!

Слезы душили меня. Я была прикована къ стулу. Я боялась

7

идти за нимъ и продолжать этотъ тяжелый, обидный разговоръ.

III

Николай, наконецъ, пошелъ куда-то. Я не знаю куда. Вѣроятно, купить что-нибудь для своего письменнаго стола. Онъ несомнѣнно пишетъ дневникъ. Разрозненныхъ листковъ я не вижу на его столѣ... Можетъ-быть у него кончилась вся тетрадь и онъ начнетъ завтра — послѣзавтра новую.

Никто у насъ не бываетъ. День тянется-тянется. Мои знакомые, тѣ, кого я, годъ назадъ, принимала въ своей гостиной — точно всѣ вымерли. Женщины... такъ называемыя "пріятельницы" ни одна меня не любила. Онѣ играютъ въ добродѣтельныхъ... И почти у каждой есть по любовнику. Моя главная вина не въ томъ, что я полюбила при живомъ мужѣ, а та, что полюбила человѣка бѣднаго, безъ солиднаго положенія, тогда какъ мужъ былъ съ состояніемъ и съ вѣсомъ. И я довела до того, что мужъ умеръ отъ раны, полученной на дуэли.

Мнѣ и не надо ихъ — этихъ фальшивыхъ и глупыхъ бабенокъ!

Но и мужья ихъ не являются.

Цѣлую недѣлю не былъ Завацкій. Сегодня пришелъ онъ въ отсутствіе Николая. Я ему почти обрадовалась.

— Вы совсѣмъ насъ забыли,— слегка упрекнула я его.

— Не хотѣлъ смущать васъ. Всего одна недѣля...

— Какая? Медовая?

— А то какая-же?.. Вамъ обоимъ никого не нужно было. Провались вся вселенная!..

Должно быть я не воздержалась отъ двойственной усмѣшки.

Онъ подсѣлъ поближе и спросилъ, прищуривая глаза, сквозь стекла своего pince nez:

— Развѣ не такъ?

Въ немъ есть что-то, мѣшающее мнѣ сблизиться съ нимъ, какъ съ добрымъ знакомымъ Николая, наконецъ, какъ съ его защитникомъ, который по своему сумѣлъ значительно обѣлить его: вмѣсто года, Николай просидѣлъ только шесть мѣсяцевъ. Но въ Завацкомъ чувствую я какую-то смѣсь, не позволяющую мнѣ, до сихъ поръ, быть съ нимъ на вполнѣ дружеской ногѣ. Теперь мнѣ-бы нуженъ былъ умный пріятель; но только пріятель — не больше. Для этого у него есть и большая развитость, и знаніе людей. Можетъ-быть онъ гораздо раньше меня сталъ понимать настоящую натуру Николая. Мнѣ не очень нравилось то, какъ онъ говорилъ о немъ, когда мы бесѣдовали во время процесса. Въ немъ чувствуется слишкомъ явное сознаніе своего превосходства. Онъ — любитель женщинъ: это всѣмъ извѣстно и, кажется, онъ только выдаетъ себя за холостого. Кто-то мнѣ говорилъ, что онъ рано женился и очень скоро разошелся съ женой. Въ томъ обществѣ, гдѣ онъ бываетъ, у него было много тайныхъ связей съ замужними женщинами... Кажется, теперь онъ перешелъ уже къ другимъ, болѣе легкимъ побѣдамъ.

Въ Заварномъ вы чувствуете всегда этотъ инстинктъ охотника... "un chasseur de femmes", какъ выражаются французы. Впрочемъ, онъ и самъ себя называлъ при мнѣ либертиномъ и выговаривалъ это словосъ особеннымъ удовольствіемъ. Если къ нему относиться снисходительнѣе, проще, то его манера съ вами — очень пріятна. Женщинъ онъ понимаетъ и неспособенъ задѣть васъ даже въ мелочахъ. Можетъ быть, какъ умный человѣкъ, хорошо знающій жизнь, онъ дѣйствительно выработалъ себѣ широкій взглядъ на насъ всѣхъ... Только эта терпимость можетъ многимъ показаться оскорбительной...

Я совсѣмъ не такая ригористка; я думаю, что мужчина, какъ Завацкій, цѣнитъ чувство, страсть, увлеченіе, даже поэтическій капризъ больше многихъ. Самъ онъ либертинъ; но это только недостатокъ натуры. Быть можетъ, онъ внутренно ставитъ тѣхъ, кто способенъ на пылкое, захватывающее чувство, гораздо выше себя?..

— Послушайте, Завацкій,— начала я, не отвѣчая ему прямо на вопросъ о нашей "медовой" недѣлѣ,— вы были такимъ талантливымъ защитникомъ моего мужа... Но были ли вы его наперсникомъ, слышали-ли вы его настоящую исповѣдь?

Онъ немного откинулся на спинку дивана и снялъ pince-nez. Его крупныя, очень чувственныя губы сложились въ неопредѣленную усмѣшку. Что-то было въ его короткой полной фигурѣ и въ лысой круглой головѣ такое, что заставило меня сейчасъ-же пожалѣть о моемъ вопросѣ.

Но назадъ нельзя уже было пятиться.

— Видите-ли, Авдотья Петровна, когда Николай Аркадьевичъ сдѣлался моимъ кліентомъ, мы съ нимъ были въ хорошихъ отношеніяхъ, но дружеской связи между нами не было. Для меня, какъ для его защитника, мотивы его поступковъ не представляли ничего загадочнаго. То, что онъ мнѣ самъ говорилъ — вытекало, такъ сказать, изъ существа дѣла. Тогда,— протянулъ онъ съ особенной интонаціей,— Николай Аркадьевичъ находился въ очень сильномъ аффектѣ...

— Былъ сильно охваченъ страстью,— подсказала я.

— Ну, да, если угодно... однако,— онъ опять надѣлъ свое pince nez,— позвольте мнѣ сейчасъ, не умничая, сдѣлать маленькое различіе. Употребляя педантское слово "аффектъ", я хочу этимъ сказать, что общее душевное состояніе Николая Аркадьевича было чрезвычайно возбужденное. Но я не употребилъ этотъ терминъ, какъ однозначащій съ захватомъ любви, съ страстнымъ чувствомъ къ женщинѣ.

— Да, вотъ, въ такомъ смыслѣ...— выговорила я, невольно смущенная.

— Изъ моихъ наблюденій надъ вашимъ мужемъ я позволю себѣ вывести то заключеніе, что это натура, въ одно и то-же время, и прямолинейная, и склонная къ чисто русскому... простите за неизящество выраженія: къ большому душевному ковырянью.

— Какъ это вѣрно!

И тотчасъ-же я упрекнула себя.

— Не будемъ разбрасываться, продолжалъ Завацкій и, наклонившись ко мнѣ, ласково и вкрадчиво сталъ поглядывать на меня сквозь стекла своего pince-nez.— Вопросъ, заданный вами, я самъ себѣ нѣсколько разъ ставилъ, то есть: высказывался ли Николай Аркадьевичъ въ нашихъ свиданіяхъ съ глазу на глазъ такъ, чтобы это можно было принять за настоящую исповѣдь? Вполнѣ — не думаю. До суда, какъ я сейчасъ сказалъ, онъ былъ чрезвычайно взвинченъ и повторялъ то, что я могъ и самъ возстановить въ смыслѣ его психологіи — психологіи человѣка, выступившаго соперникомъ... вашего перваго мужа. Но на засѣданіи — васъ тамъ не было и отчетъ не даетъ вѣдь очень многаго — на засѣданіи, говорю я, въ тонѣ, именно въ тонѣ Николая Аркадьевича, въ маленькихъ, чуть замѣтныхъ движеніяхъ, возгласахъ и недомолвкахъ было уже нѣчто иное.

— Что-же именно? порывисто спросила я.

— Прямолинейный человѣкъ уступилъ уже мѣсто тому типичному русскому моралисту и самоковырятелю, если позволите мнѣ такъ выразиться, который несомнѣнно сидитъ въ Николаѣ Аркадьевичѣ. Онъ не каялся, но и не оправдывалъ себя, какъ вы помните въ заключительномъ своемъ словѣ, и мнѣ показалось даже, что моя защита вызвала въ немъ, тутъ-же, на засѣданіи, потребность выдать себя еще больше, чѣмъ онъ сдѣлалъ. Въ сущности это былъ прекрасный пріемъ. Ни одинъ адвокатъ не поступилъ-бы ловчѣе; только у Николая Аркадьевича все это выходило изъ его душевнаго нутра. Стало быть, уже въ моментъ произнесенія надъ нимъ приговора, который въ публикѣ многихъ удивилъ, въ его душевномъ настроеніи произошла, такъ сказать, трещина.

Завацкій засмѣялся своимъ короткимъ, не очень пріятнымъ для меня смѣхомъ.

— А потомъ, вы бывали у него въ крѣпости?

— Всего два раза... Въ первый разъ разговоръ былъ чисто дѣловой и ему сильно нездоровилось, отъ невралгіи онъ едва говорилъ.

— А во второй разъ?

— Во второй разъ — Завацкій перевелъ духъ и немного прикусилъ нижнюю губу — во второй разъ самоанализъ уже сильно похозяйствовалъ. Недавнее общее аффективное состояніе прошло и передо мною былъ уже человѣкъ, уходящій въ себя... въ ущербъ своему чувству...

Я поняла что онъ хотѣлъ этимъ сказать. Вотъ уже больше недѣли, какъ я начала разглядывать правду...

— Дорогая Авдотья Петровна — заговорилъ Завацкій, протянувъ мнѣ свою бѣлую и пухленькую руку — не вдавайтесь и вы въ русскій недугъ самоанализа. Сколько я васъ понимаю, вы — настоящая женщина. Въ васъ зажглось чувство и сдѣлалось главной пружиной всего вашего душевнаго я. Это — большое счастіе! Говорю это, несмотря на мою репутацію. Неужели вамъ до сихъ поръ невдомекъ, что у насъ, въ русскомъ обществѣ, любовь въ какой-бы то ни было формѣ — глубокой или легкой — не составляетъ настоящаго культа. Большинство русскихъ мужчинъ, даже имѣющихъ репутацію любителей женщинъ — все-таки женщину не любятъ такъ, какъ она этого заслуживаетъ. И этого мало — они не любятъ и любви... простите мнѣ этотъ плеоназмъ; но я не умѣю иначе выразиться.

— Это прекрасное выраженіе! вскричала я и почувствовала, что вся краснѣю.— Да, не любятъ любви!

Множество вопросовъ толпилось въ моей головѣ; но мнѣ стало какъ-бы неловко, почти страшно продолжать эту консультацію.

IV

Въ первый разъ я ждала Николая до поздняго часа. Онъ уѣхалъ послѣ обѣда, ничего мнѣ не сказавъ.

11

Я работала, читала. На меня нашла одурь отъ жданья. И часу съ двѣнадцатаго стала я метаться по комнатамъ, подбѣгая къ окнамъ гостиной и кабинета, выходящимъ на улицу: точно я могла разглядѣть изъ второго этажа — кто подъѣхалъ къ намъ.

Вчерашній разговоръ съ Завацкимъ весь пришелъ мнѣ и получилъ вдругъ какую-то особенную яркость и силу.

Вѣдь адвокатъ правъ, тысячу разъ правъ! Въ Николаѣ уже нѣтъ того мужчины, который готовъ былъ идти изъ-за меня на вѣрную смерть. Другой человѣкъ, съ чисто русской болѣзнью самоковырянья и морализма, началъ брать верхъ, во время сидѣнья въ крѣпости.

Правъ Завацкій и въ этомъ: наши мужчины не любятъ женщины и не любятъ самаго чувства. Оно для нихъ — какой-то придатокъ, средство, а не цѣль, какъ для насъ.

Начинается нѣчто страшное и обидное для меня.

Было очень поздно. Я легла и, утомленная жданьемъ, задремала. Проснулась я не очень поздно... Кровать Николая пуста... Это меня испугало. Страхъ охватилъ меня внезапно.

Николай не возвращался домой. Развѣ это могло случиться такъ оттого только, что онъ прокутилъ всю ночь? А если нѣтъ — то онъ покончилъ съ собою.

Мысль о возможности самоубійства пронизала меня впервые, и такъ стремительно... Я вскочила и въ одномъ бѣльѣ бросилась изъ спальни.

Прислуга уже проснулась. Я подбѣжала къ двери кабинета. Она была заперта извнутри... Я постучала довольно сильно... Отвѣта не было.

Сейчасъ-же мнѣ представилась картина: Николай лежитъ на диванѣ съ прострѣленнымъ вискомъ. Я стала стучать и бить кулакомъ въ дверь.

Наконецъ Николай отперъ... Онъ былъ полуодѣтъ, безъ сюртука и галстука; лицо землистое, волосы въ безпорядкѣ.

— Что такое? Зачѣмъ ты заперся? закричала я и не выдержала — тутъ-же заплакала.

Онъ лѣниво прошелся по комнатѣ и соннымъ голосомъ выговорилъ:

— Поздно вернулся вчера... Не хотѣлъ тебя безпокоить.

— Какъ-же, ты такъ одѣтый и спалъ?

— Что-же за бѣда?

— Я намучилась вчера... Ты ничего не сказалъ. Заснула я очень поздно...

— Что-же тутъ такого особеннаго?... Встрѣтилъ одного

товарища... москвича... Мы поужинали, я его проводилъ въ гостиницу и тамъ мы заговорились.

— Все это прекрасно, Николя... Но я только прошу: въ другой разъ не запираться такъ въ кабинетѣ.

Можетъ быть, отъ тревожной ночи, но я не могла подавить своей нервности и слезы тихо текли изъ моихъ глазъ.

Онъ поглядѣлъ на меня, стоя поодаль у письменнаго стола.

— Съ какой стати — началъ онъ — ты такъ волнуешься?... Самая обыкновенная вещь. Я тебя-же не хотѣлъ безпокоить.

— Это совсѣмъ не то! почти закричала я.

— То есть какже не то? глухимъ и неискреннимъ тономъ спросилъ онъ.

— Да, не то, не то! Я вижу куда это идетъ!

— Что — это? уже съ нѣкоторымъ раздраженіемъ переспросилъ Николай.

— Ты запираешься... тебя тяготитъ то, что у насъ общая спальня.

— Съ какой-же стати? началъ было онъ.— Но я дѣйствительно боюсь безпокоить тебя. Сплю я въ общемъ плохо.

— Я этого не замѣчала.

— Потому что я не хотѣлъ тебя тревожить.

— Стало-быть ты притворялся спящимъ?

— Если хочешь, да. Съ какой-же стати сталъ-бы я лишать тебя сна?

— Все это не то, Николай, заговорила я, чувствуя какъ слезы опять начинаютъ меня душить.— Пожалуйста не думай, что я, какъ пустая, взбалмошная бабенка, тревожусь изъ за пустяковъ, подозрѣваю тебя! Ты свободенъ... ты можешь проводить вечера какъ тебѣ угодно... И если я дѣйствительно безпокоилась, то на это есть причины.

— Какія?

Онъ въ разбитой и недовольной позѣ присѣлъ у стола, опустивъ голову.

— Какія, какія?! Я теряюсь, Николай. Я не имѣю права допрашивать тебя... Только ты совсѣмъ другой. Въ тебѣ что-то такое происходитъ. Согласись самъ: развѣ мы такъ живемъ, какъ оба мечтали... по крайней мѣрѣ какъ я имѣла поводъ мечтать? Я говорю не какъ смѣшная сентиментальная дамочка — ты знаешь, мнѣ не семнадцать, а тридцать лѣтъ. Насъ свела судьба — не зря, не по пустякамъ, мы были созданы другъ для друга. Когда чувство охватило насъ обоихъ, у насъ не было ни минуты колебаній... Зачѣмъ я тебѣ все это повторяю! Ты это

13

самъ прекрасно знаешь,— прибавила я,— и послѣ столькихъ испытаній, послѣ твоего полугодового сидѣнья въ крѣпости — и вдругъ, точно все рухнуло!

Голосъ мой упалъ: я была на волоскѣ отъ того, чтобы горько разрыдаться, быстро встала и начала ходить по кабинету. Николай продолжалъ сидѣть въ той-же позѣ у стола.

— Что-же по твоему надо дѣлать?

Это было сказано не то что жестко, а деревянно и неискренно. Я подбѣжала къ нему и схватилась за спинку кресла.

— Зачѣмъ ты говоришь со мной такимъ тономъ, Коля? Это грѣшно, недостойно тебя. Недостойно нашей любви. Право, если-бъ кто видѣлъ какъ мы переживаемъ нашъ медовый мѣсяцъ, то бы подумалъ одно изъ двухъ...

— Что такое? чуть слышно спросилъ онъ и недобрая усмѣшка повела его блѣдныя губы.

— А вотъ что: или ты тайно заподозрилъ меня въ чемъ-нибудь... я не знаю именно въ чемъ! Въ моей вѣрности къ тебѣ?.. Или же въ тебѣ самомъ что-нибудь произошло, въ твоей внутренней жизни. Но я чувствую, всѣмъ своимъ существомъ чувствую, что ты не тотъ человѣкъ, за которымъ я пошла. Вотъ ты говоришь мнѣ, что встрѣтилъ товарища и просидѣлъ съ нимъ въ ресторанѣ, и потомъ у него въ отелѣ до пѣтуховъ... Я была-бы такъ рада этому... твоей встрѣчѣ съ товарищемъ, съ которымъ-бы ты отвелъ себѣ душу. А я не могу этого... Я точно ревную къ нему... къ этому товарищу.

— Напрасно.

— Ты не хочешь знать почему? спросила я порывисто, чувствуя, что все во мнѣ вздрагиваетъ.

— Скажи — узнаю.

— А потому, что этотъ невидимка... онъ отнялъ у меня то, что принадлежитъ мнѣ по праву нашей любви, нашей связи. Конечно, ты говорилъ ему о себѣ, о встрѣчѣ со мною, о дуэли, о сидѣньи въ крѣпости... А главное, ты долженъ былъ изливаться ему о томъ, что въ тебѣ въ настоящую минуту происходитъ...

— Все это — преувеличенія, Дима.

— Какія преувеличенія, Николя? Неужели ты не понимаешь, что я теряюсь, что у меня точно нѣтъ земли подъ ногами! Тебя начали угнетать какія-то совсѣмъ ненужныя соображенія: и насчетъ, того, что ты живешь на чужой счетъ, и насчетъ мнѣнія о тебѣ общества. Я чувствую, что не въ силахъ успокоить тебя, разубѣдить. Ты никуда не хочешь идти, ни съ

14

кѣмъ переговорить, а со мной ты избѣгаешь за душевной бесѣды...

— О чемъ-же говорить? спросилъ онъ вставая, и повелъ плечами.— Я начинаю чувствовать, Дима, до какой степени трудно мужчинѣ и женщинѣ сойтись, сладиться на чемъ-бы то ни было, какъ только они не охвачены инстинктомъ...

— Что ты называешь инстинктомъ? Самое дорогое, что у насъ есть съ тобой — нашу привязанность? Какъ тебѣ не стыдно!

Я разрыдалась и упала на диванъ. Николай не бросился меня успокоивать. Онъ отошелъ къ окну и долго не оборачивался. Это такъ меня кольнуло, что слезы остановились и въ груди заныло. Я оправилась и, продолжая сидѣть на диванѣ, послѣ длинной паузы, стала говорить спокойнѣе и совсѣмъ другимъ тономъ:

— Ну, хорошо. Я не буду нервничать. Я тебя слушаю, изложи мнѣ твою теорію. Ты что-же хотѣлъ сказать? Что только чувственная страсть можетъ минутами превращать мужчину и женщину въ одно существо? Ты такъ безпощаденъ ко всякимъ clichés, къ общимъ мѣстамъ морали; а что-же это такое, какъ не общее мѣсто?

— Ты не дала мнѣ докончить, заговорилъ Николай, поворачиваясь отъ окна.— Ты преисполнена только своимъ женскимъ чувствомъ... Но дѣло идетъ вѣдь не о тебѣ, а обо мнѣ. Тебя обижаетъ то, что я какъ-бы замкнулся въ себѣ... Стало быть, ты желаешь проникнуть въ мою душу, вѣдь такъ?

— Развѣ я не имѣю на это права?

— О правахъ намъ не пристало спорить, Дима, выговорилъ онъ гораздо искреннѣе, чѣмъ все предыдущее, и голосомъ, и тономъ.— Какія права?..

— У насъ нѣтъ правъ другъ на друга?

— Тебѣ нельзя держаться на этой почвѣ, промолвилъ онъ, покачавъ головой.

— Это почему?

— А потому что для тебя, какъ и для всѣхъ почти женщинъ, все сводится къ своему аффекту.

Я вспомнила выраженіе Завацкаго... Мужчины не могутъ не педантствовать!

— А кто не признаетъ ничего выше своей страсти, поползновенія или похоти,— обронилъ онъ,— тотъ не долженъ выставлять идею права.

— Мы не на диспутѣ, Николай! закричала я съ пылающими щеками.— Зачѣмъ намъ спорить? Въ эту минуту ты ведешь себя со мною недостойно такого честнаго и прямого человѣка, какъ ты!

— Честный! Прямой! повторилъ онъ и засмѣялся такъ громко и странно, что меня даже дрожь пробрала.— Ты-бы лучше спросила меня самого — какого я мнѣнія въ настоящую минуту о собственной личности...

Отойдя къ двери, онъ взялся за ручку и выговорилъ упавшимъ, почти просительнымъ тономъ:

— Ради Бога, прекратимъ этотъ разговоръ. Позволь мнѣ умыться и перемѣнить платье.

Онъ ушелъ. Я оставалась на диванѣ и въ груди чувствовала я все то же засасывающее нытье.

Я точно вышла изъ оцепенѣнія. "Что это такое? внутренно повторяла я,— что это еще за новость? Почему этотъ дикій хохотъ? Развѣ онъ пересталъ себя даже считать просто честнымъ человѣкомъ? Стало-быть, я не могу уже судить и объ этомъ, знать — что за человѣкъ, котораго я полюбила?"

На письменномъ столѣ увидала я толстую переплетенную тетрадь и сейчасъ-же подумала, что это — его древникъ.

И такъ мнѣ тетрадь эта сдѣлалась ненавистна, что я подбѣжала къ столу, схватила ее и стала теребить. Но она была сдѣлана въ видѣ портфеля съ замочкомъ. Замокъ былъ запертъ. Я было рванула кожу. Мнѣ стало стыдно. Портфель-дневникъ выпалъ у меня изъ рукъ.

V

Я уже предчувствовала, что Николай не хочетъ имѣть общей спальни. Маленькая инфлюэнца продолжалась съ нимъ четыре дня.

Онъ этимъ воспользовался и перешелъ въ кабинетъ, подъ тѣмъ предлогомъ, чтобы меня не безпокоить.

Но это одинъ предлогъ. Ему тяжело со мною.

Въ немъ сильнѣе, чѣмъ я думала, всплылъ наружу холостякъ, женившійся подъ сорокъ лѣтъ. Онъ какъ-бы совсѣмъ не созданъ для жизни вдвоемъ, для такой жизни, безъ которой не можетъ быть горячей супружеской связи... Ему до сихъ поръ точно не по-себѣ — быть въ интимныхъ отношеніяхъ съ женщиной, одѣваться при ней, умываться... И этого мало! Чувствуется, что женщина въ спальнѣ вызываетъ въ немъ брезгливое чувство. Онъ стѣсненъ и слишкомъ плохо скрываетъ это.

Завацкій тысячу разъ правъ, находя, что Николай — настоящій русскій, не любитъ ни женщины, ни любви.

Боже мой! Развѣ я требую распущенности? Развѣ я бьюсь изъ-за того только, чтобы обладать имъ, какъ мужчиной? Мнѣ и самое слово-то это противно! Но кто любитъ, тотъ ищетъ постоянной близости, тому дорого то, что приноситъ съ собою жизнь душа въ душу.

А душа его уходитъ отъ меня.

Мнѣ стало такъ горько вчера ночью, что я не выдержала и вошла къ нему. Каюсь, только подъ предлогомъ узнать — не нужно-ли ему чего-нибудь? Я слышала, что онъ покашливалъ.

Я тихонько пріотворила дверь кабинета. Тамъ было темно.

— Коля!— окликнула я.

Онъ не сразу отвѣтилъ.

— Ты вѣдь не спишь? Я слышала, что ты кашляешь. Не нужно-ли тебѣ чего?

— Ничего не нужно,— выговорилъ онъ хрипло и недовольнымъ тономъ.

— Жара нѣтъ?

Я вошла въ кабинетъ и полуощупью придвинулась къ турецкому дивану, гдѣ онъ устроилъ свою постель.

Сознаюсь, мнѣ не слѣдовало дальше безпокоить его, "приставать", какъ выражаются всѣ мужья, но я не могла справиться съ собою, да и не считала честнымъ скрывать отъ него горькіе вопросы, нахлынувшіе на меня особенно сильно съ тѣхъ поръ, какъ онъ, подъ предлогомъ своего нездоровья, сталъ жить холостой жизнью.

Николай повернулся къ спинкѣ дивана; я почувствовала это по легкому треску пружинъ.

Онъ своимъ движеніемъ хотѣлъ вѣроятно показать мнѣ, что мои вопросы тяготятъ его; а я продолжала "приставать".

Такова видно наша женская доля: наталкиваться на невниманіе и упорство тѣхъ, кого мы любимъ. Только мы не позволяемъ себѣ возводить это въ теорію и бросать имъ въ лицо низменность ихъ натуры.

— Я уйду,— кротко, почти сконфуженно вымолвила я; но не ушла; а, нащупавъ край дивана, гдѣ валикъ — присѣла.

— Тебѣ не спится?— спросила я.

— Немного забылся,— отвѣтилъ онъ, тягучимъ, простуженнымъ голосомъ.— Теперь такъ лежалъ.

— Давно?

— Не знаю; не смотрѣлъ на часы.

— Не зажечь-ли свѣчу?

— Нѣтъ, не надо... Только мнѣ непріятно, что ты все вскакиваешь. Съ какой стати утомлять себя? Вѣдь у меня нѣтъ ничего серьезнаго... Да и рискованно.

— Что рискованно?

— Инфлюэнца прилипчива... И ты сляжешь...

— Мнѣ все равно!

Мой возгласъ былъ неумѣстенъ, я это знаю. Въ немъ Николай не могъ не почуять ѣдкаго упрека за его поведеніе. Какже съ этимъ быть? Душа — не машина. Легко говорить: "нужна воля, нужна выдержка!" Мужчины любятъ это повторять; а сами на каждомъ шагу провираются. Они въ тысячу разъ несдержаннѣе насъ.

— Какая ты странная, Дима,— началъ Николай, какъ-будто нехотя, не поворачивая ко мнѣ головы.— Ты видишь, я избѣгаю всякихъ поводовъ къ столкновеніямъ или, лучше сказать, къ неопрятнымъ дрязгамъ совмѣстной жизни.

— Какія дрязги? Какія неопрятности?— порывисто вскричала я.— Я не понимаю: о чемъ ты говоришь!

— Ну, хорошо... извини меня. Я, быть можетъ, самъ дурно на тебя дѣйствую. Не желая того, вызываю въ тебѣ безпокойство. Вспомни, что я никогда не жилъ... вдвоемъ,— выговорилъ онъ съ нѣкоторымъ усиліемъ.— У всякаго уже немолодого холостяка образуются привычки.

Эти слова Николая скорѣе обрадовали меня. Онъ самъ подтверждалъ мою мысль: холостякъ дѣйствительно сказался въ немъ, и въ этомъ нѣтъ еще ничего ужаснаго. Хорошо, если-бъ подъ этимъ не крылось другого.

Но видитъ Богъ, я не хотѣла его допрашивать!

— Прекрасно,— сказала я ему.— Я и не настаиваю. Тебя стѣсняетъ многое... ты привыкъ имѣть все отдѣльное... Жаль только, что ты мнѣ не сказалъ этого раньше. Я могла-бы взять другую квартиру и у тебя при кабинетѣ была-бы еще комната...

— Мнѣ здѣсь очень удобно,— остановилъ онъ меня менѣе мягко.— Я привыкъ лежать низко. Да и воздуху въ этой комнатѣ гораздо больше.

— Хорошо, хорошо!— поторопилась я согласиться.

Мнѣ надо было уходить; а внутри меня глодалъ какой-то червякъ. Я готова была крикнуть:

"Все это не то! Ты ушелъ отъ меня не въ одинъ этотъ кабинетъ, не матеріально... Въ тебѣ происходитъ нѣчто, и оно грозитъ чѣмъ-то зловѣщимъ нашему чувству".

Такъ оно и вышло. Въ настоящую минуту я не могу даже припомнить что я сказала, собравшись уходить отъ Николая.

18

Вѣроятно, это было какое-нибудь одно слово или восклицаніе. Кажется, онъ отозвался на него тоже однимъ словомъ или звукомъ, который переполнилъ чашу.

И опять полились мои рѣчи. Я не хныкала, не придиралась къ нему, не позволяла себѣ гнѣвныхъ выходокъ; но я настаивала на томъ, что я права, что онъ ведетъ себя со мною болѣе чѣмъ странно, что онъ не можетъ не понимать: до какой степени это огорчаетъ и гнететъ меня.

— Вѣдь ты меня знаешь,— сказала я ему,— не со вчерашняго дня. У насъ есть большое прошедшее. Вотъ уже около двухъ лѣтъ, какъ мы полюбили другъ друга. Вспомни, какъ ты сближался со мною, что заставляло тебя всего больше сочувствовать мнѣ? То, что между мною и моимъ первымъ мужемъ была только внѣшняя связь. Я не упрекаю тебя за то, что такой мотивъ разговоровъ между замужней женщиной и другомъ дома — обыкновенный пріемъ ухаживанья, то, съ чего такъ часто начинаются романы нашихъ дамъ. Я не считаю тебя теперь, какъ не считала и тогда — хищникомъ, который пускаетъ въ ходъ избитый пріемъ ухаживанья. Я говорю только, что ты долженъ, болѣе чѣмъ кто-либо, понимать: до какой степени меня убиваетъ чувство отчужденности, въ какой я очутилась... и такъ неожиданно, такъ незаслуженно!

И вмѣсто прямого отвѣта на крикъ моей души, Николай самъ задалъ мнѣ вопросъ тономъ человѣка, который точно будто ждалъ случая накинуться на себя самого.

— Такъ по-твоему выходитъ,— спросилъ онъ меня съ дрожью въ голосѣ,— что я сближался съ тобою, при жизни твоего перваго мужа, какъ благородный рыцарь? Ха, ха, ха!

Этотъ дикій хохотъ окатилъ меня нестерпимо жуткимъ ощущеніемъ.

— Въ томъ-то и заключается трагедія между мужчиной и женщиной,— продолжалъ Николай, приподнимаясь на локтяхъ,— что вы помогаете намъ лгать самимъ себѣ... Безъ васъ намъ легче обнажать передъ самими собою наши хищные инстинкты... А тутъ — насъ слушаютъ, благодарятъ насъ за сочувствіе, позволяютъ разцвѣчать на разные лады эту ложь и этотъ самообманъ!

— Что ты говоришь...

Я просто вся похолодѣла.

— То и говорю. Шесть мѣсяцевъ, проведенныхъ мною съ глазу на глазъ съ собою и своей собственной совѣстью, прошли не даромъ... Не взыщи за то, что я показываю тебѣ въ настоящую минуту итоги этого сидѣнья... Хуже всего ложь!..

19

Нужды нѣтъ, что она была неумышленная, что она сказывалась въ формѣ постояннаго и прогрессивнаго самообмана. Я отвѣчаю на твою аттестацію. Пеняй на себя... ты вызвала во мнѣ отпоръ.

Онъ совсѣмъ сѣлъ, облокотившись на подушки. Я видѣла въ полутьмѣ отъ уличнаго свѣта, какъ онъ началъ нервно жестикулировать.

— Нѣтъ, говорю я тебѣ. Ты, какъ настоящая женщина, когда страсть заговорила въ тебѣ, потеряла чутье правды... не распознала, что и я, къ сущности, былъ такой-же хищникъ, какъ и большинство тѣхъ мужчинъ, кто доводитъ женщину до разрыва съ мужемъ. И, быть можетъ, въ десять разъ хуже перваго попавшагося развратника, который и не станетъ прикрываться никакими высшими мотивами и фразами. Да, я инстинктомъ зачуялъ, что тема твоего душевнаго одиночества самая благодарная, и мнѣ казалось, что я поступаю, какъ истинный рыцарь; а подкладка была все та-же!

Я не дала ему досказать. Мнѣ было слишкомъ больно, больнѣе, чѣмъ если-бъ онъ сталъ обличать меня, назвалъ-бы меня развратницей, которая вовлекла его въ грязную связь съ женой человѣка, не сдѣлавшаго ему никакого зла. Но это была новая вспышка все того-же душевнаго процесса. Онъ опять воспользовался моимъ естественнымъ, неизбѣжнымъ вопросомъ, чтобы выставить себя, заднимъ числомъ, какъ хищника, разыгравшаго со мною, скучающей тридцатилѣтней барыней, пошлую комедію адюльтера.

И за него, и за насъ обоихъ мнѣ было невыносимо обидно. Это являлось какимъ-то озорствомъ, если не временнымъ помраченіемъ, если не запоздалымъ припадкомъ того самоковырянья, о которомъ говорилъ такъ тонко и проницательно Завацкій.

Мнѣ захотѣлось дать на него окрикъ, какъ на капризнаго больного и сейчасъ-же мнѣ стало его жаль. Какое-то смутное предчувствіе зашевелилось внутри.

Быть можетъ, онъ нажилъ, во время шестимѣсячнаго сидѣнья, начало какого-нибудь нервнаго разстройства, и было-бы неразумно, дико негодовать на него, даже возражать.

Эта мысль совсѣмъ меня парализовала. Я поднялась, подошла къ его изголовью и прикоснулась къ плечу.

— Ради Бога, замолчи,— сказала я ему. умоляющимъ голосомъ.— Не разстраивай себя! Прости меня, я сама виновата. Почивай!

Николай не порывался больше говорить; но онъ сдѣлалъ

жестъ, который я истолковала, какъ убѣжденіе въ томъ, что женщина, и всего болѣе я, неспособна понять его.

VI

Два горькихъ разговора и никакого выхода. Мнѣ самой дѣлается слишкомъ тяжело приставать къ нему; но и выносить такое положеніе еще тяжелѣе.

Живемъ мы вмѣстѣ, въ одной квартирѣ, проводимъ нашъ медовый мѣсяцъ... И что это за жизнь? Мы точно арестанты... Онъ сидитъ у себя или уходитъ, всегда одинъ. Я тоже, въ своемъ кабинетикѣ. Ни программы жизни, ни занятій, ни свѣтскихъ интересовъ — ничего!

На меня даже нашла какая-то оторопь, малодушный страхъ, я какъ-будто не рѣшаюсь никому показаться на глаза... Положимъ, меня не очень привлекаютъ знакомые; но все-таки Николаю слѣдовало-бы самому сдѣлать нѣсколько визитовъ вмѣстѣ со мною. А то мы точно какъ бѣглецы или преступники.

Онъ не занятъ; а голова его продолжаетъ болѣзненно работать.

И я также не могу, вотъ уже который день, освободиться отъ постояннаго перебиранья все однихъ и тѣхъ-же вопросовъ. Сонъ у меня отвратительный, я забываюсь только на разсвѣтѣ. Мнѣ не хочется прибѣгать къ наркотическимъ средствамъ, а придется; и, пожалуй, незамѣтно превратишься въ морфинистку.

Послѣдній разговоръ, ночью, у него въ кабинетѣ, сначала испугалъ меня за него... На меня пахнуло чѣмъ-то ненормальнымъ. Въ первый разъ я готова была увидѣть въ немъ чуть не психопата. Я и теперь думаю, что ему надо-бы обратиться къ врачу. Но въ немъ есть много пассивнаго упорства и эту сторону его натуры я совершенно проглядѣла. Такъ оно и всегда бываетъ съ нами, когда загорится въ насъ то, безъ, чего, должно-быть, не прожить никакой женщинѣ съ душой. Если я ему скажу:— "тебѣ-бы посовѣтоваться съ врачомъ" — онъ, разумѣется, не согласится. Какого врача рекомендовать ему? По общимъ болѣзнямъ — это ни къ чему не послужитъ; а указать спеціалиста по нервнымъ разстройствамъ — онъ пойметъ, что я заподозрила его въ психопатіи.

Психопатія! Этимъ словомъ теперь такъ злоупотребляютъ. Но для меня гораздо важнѣе: сначала допытаться, что происходитъ въ душѣ Николая возможнаго, допустимаго даже и безъ всякаго болѣзненнаго разстройства.

Въ послѣднемъ разговорѣ была опять вспышка его мужской совѣсти. Онъ обвиняетъ себя заднимъ числомъ. Онъ считаетъ свое сближеніе со мной совсѣмъ не такимъ честнымъ, какимъ я его считала и до сихъ поръ считаю. Это преувеличено, но безумно-ли?— не знаю. Опять характеристика, сдѣланная Завацкимъ, припомнилась мнѣ и я снова убѣждаюсь въ ея вѣрности.

Да, былъ такой моментъ, когда Николай увлекся мною. Тогда его чувство и поведеніе были прямолинейны, какъ выражается его адвокатъ. Но съ тѣхъ поръ прошло болѣе года... Дуэль и сидѣніе въ крѣпости вызвали броженіе и вмѣсто страстно любящаго мужчины передо мною кающійся грѣшникъ.

Но полно, такъ-ли? Одно-ли это говорило въ немъ, когда онъ сталъ обличать себя, какъ хищника? Обвинялъ онъ себя, но себя-ли одного?

Постараюсь распутать это, насколько позволяетъ мнѣ моя бѣдная женская голова. Пускай я — несвободна; пускай я нахожусь въ рабствѣ у своего чувства, у своей страсти; но все таки и у меня есть нѣкоторая логика.

Теперь онъ смотритъ на себя какъ на хищника, который впадалъ въ самообманъ. Что-же это значитъ? Развѣ этимъ самымъ онъ не хочетъ сказать, что главная виновница — я? Я во время не остановила его, не распознала въ немъ "презрѣннаго инстинкта". Онъ мнѣ не сказалъ ничего оскорбительнаго въ такомъ именно смыслѣ, но это чувствовалось. Не прекрати я разговоръ, навѣрно я услыхала-бы отъ него что-нибудь въ такомъ родѣ:— "женщина должна фатально помогать намъ во всемъ хищномъ, во всякой поблажкѣ нашей чувственности и самообману".

И разъ въ немъ самомъ нѣтъ вѣры въ то, что наше сближеніе было неизбѣжно, что насъ влекло нѣчто, стоящее выше всякихъ фарисейскихъ запретовъ морали — онъ не можетъ ни чувствовать, ни разсуждать иначе.

Я дѣлаюсь для него сообщницей...

Неужели это такъ? И я въ какихъ-нибудь десять дней дошла до сознанія своего безсилія?..

Боже мой! Къ чему я все это перебираю? Видно и я уже заразилась болѣзнью моего мужа. Вѣдь это прямо — признаваться въ своемъ банкротствѣ. Стало-быть я, какъ женщина, не могу, не умѣю привлечь его опять къ себѣ, заставить стряхнуть съ себя этотъ психопатическій маразмъ. Господи! Неужели такъ оно выходитъ? И это не временное разстройство, а начало глубокаго душевнаго переворота?

Не хочу съ этимъ соглашаться! Мы привыкли слишкомъ многое объяснять чисто нравственными причинами. А дѣло тутъ часто гораздо проще и нейдетъ дальше матеріи. Я, слава Богу, не считаю себя истеричной. Зато сколько я уже знавала нервныхъ женщинъ, у которыхъ вся жизнь была испорчена оттого, что онѣ во время не занялись собою... Запущенное малокровіе, неудачное материнство, глупый образъ жизни, и глядишь — психопатка готова!

Но какъ довести Николая до необходимости заняться собою? Не можетъ быть, чтобы я чего-нибудь не придумала; а пока я даю себѣ слово: не вызывать его ни на какой нервный разговоръ. Простуда его почти совсѣмъ уже прошла. Я не знаю — хорошо-ли онъ спитъ; по крайней мѣрѣ я не слышу отъ себя ночью ни малѣйшаго шороха. Онъ не ворочается, не зажигаетъ свѣчи, не ходитъ по комнатѣ.

Если-же онъ самъ начнетъ опять обличать себя — я буду отвѣчать ему иначе, я напомню ему, не въ общихъ фразахъ, а подробно, если нужно шагъ-за-шагомъ, какъ происходило наше сближеніе. Онъ долженъ будетъ сознаться, что мы не могли обманывать другъ-друга или вдаваться въ жалкій самообманъ. И въ эту минуту я готова была-бы явиться передъ какимъ угодно судилищемъ и самымъ безпощаднымъ образомъ разобрать всѣ свои побужденія, мысли, поступки.

Я полюбила. Боже мой! Неужели мужчины не могутъ признать, что безъ какого-то электрическаго удара, когда все ваше существо преобразуется — страсть немыслима, и то, что они называютъ чувственностью, есть только неизбѣжная уступка нашей природѣ?! Развѣ женщина, способная любить — въ состояніи быть хищницей? Всегда ея чувство переживаетъ инстинктъ. Мужчина старѣетъ, дурнѣетъ, теряетъ въ глазахъ всѣхъ свой престижъ; но для нея одной онъ все тотъ-же... и гораздо больше, чѣмъ женщина для мужчины.

Мой первый мужъ былъ только на два года старше Николая, красивѣе его, бодрѣе на видъ... Я знаю, что многимъ онъ серьезно нравился. Я и сама испытывала на себѣ его физическое обаяніе мужчины, до тѣхъ поръ, пока не узнала, что такое другая любовь.

Мы сошлись съ Николаемъ вовсе не такъ, какъ онъ теперь представляетъ. Никакихъ селадонскихъ утѣшеній и "подходовъ" онъ не позволялъ себѣ. Какъ только я почувствовала, что и онъ любитъ, то сейчасъ-же вся моя жизнь съ мужемъ представилась мнѣ пустой, безсознательно-лживой, лишенной поэзіи и высшей радости. Я не драпировалась, я не выдавала себя за жертву, за несчастную женщину, изнывающую отъ непониманія, эгоизма и грубости своего супруга и повелителя.

Онъ выказалъ себя жестче, ограниченнѣе, себялюбивѣе — потомъ, когда я предложила ему возвратить мнѣ мою свободу; но раньше, во время нашего сближенія съ Николаемъ, я никогда ни въ чемъ мужа не обвиняла. Я жила полусознательно.

А если это такъ, то какая я сообщница, какая я подстрекательница, и какой разумный поводъ имѣетъ Николай: считать меня сколько-нибудь виновной въ томъ, что онъ называетъ теперь своимъ хищничествомъ?

Боже мой! Если-бъ въ немъ самомъ было то, чѣмъ онъ пылалъ годъ тому назадъ — развѣ мыслимо было-бы то, что теперь начинаетъ подъѣдать нашу жизнь? Да, они не такъ созданы, какъ мы, и то, что для насъ — высшая радость, и сила, и обаяніе, то для нихъ — только пароксизмъ, припадокъ, блажь, что-то чуть не низменное и не животненное! Мы способны все простить и все перенести изъ-за чувства. Они ведутъ какую-то двойную бухгалтерію, для нихъ нужно, чтобы любовь не смѣла нарушать ихъ душевный покой; они не поступятся ей ничѣмъ, что составляетъ ихъ достоинство, безукоризненность ихъ, поведенія или даже ихъ совершенно условные взгляды и привычки.

И прежде я это понимала; но никогда еще не переживала этого такъ, какъ теперь.

Пожалуй, какой-нибудь дешевый моралистъ закричитъ: "Пришло возмездіе и вы должны претерпѣть его!"

Возмездіе — за что? Все это фразы! Развѣ мы одни полюбили другъ друга въ тѣхъ-же точно условіяхъ? Кто мѣшаетъ намъ отдаться тому счастію, какое мы взяли дорогой цѣной? Никто и ничто. У меня нѣтъ предубѣжденій, я не боюсь никакихъ пересудъ и гримасъ кумушекъ; но я и не желаю открывать у себя салонъ. Николай былъ не менѣе меня смѣлъ, онъ зналъ — на что онъ идетъ. Не изъ одной жалости ко мнѣ сошелся онъ со мной. Надо пользоваться тѣмъ, что добыто такой дорогой цѣной. Надо! Мы — женщины — это понимаемъ и чувствуемъ. А у мужчинъ другая логика.

Когда мы сближались съ нимъ — ни одинъ изъ насъ не хотѣлъ выгораживать своего поведенія. Мы прекрасно знали,

24

какимъ словомъ — даже въ самыхъ испорченныхъ кружкахъ — называютъ то, что между нами завязалось.

Потому-то мы и не хотѣли адюльтера съ его унижающей грязью и пошлостью. Его и не было, если формально не придираться. Довольно и того: что мнѣ, какъ вѣроятно десяткамъ и сотнямъ замужнихъ женщинъ, пришлось испытать, когда въ первый разъ я пошла объясняться съ Иваномъ Андреевичемъ. Вѣдь и онъ считалъ себя либеральнымъ мужемъ, и онъ говаривалъ, что за чувство — если оно искренно — никто не можетъ быть отвѣтственъ. А тутъ сейчасъ-же заслышались другіе звуки. И въ этомъ мужчины — сколько-бы ни просуществовала земля — будутъ всегда вѣрны себѣ: ихъ увлеченія — какъ-бы они ни были дрянны и пошлы — не могутъ представляться имъ такими, какъ увлеченія женщины, если она связана. Мнѣ теперь сдается, что въ мужчинахъ есть какой-то первородный грѣхъ возмутительной несправедливости, какъ только дѣло коснется женщины, ея чувства, ея правъ на счастье. Они этимъ самымъ выдаютъ себя, свои чисто животненные инстинкты, свою неспособность подняться надъ грубой подозрительностью, въ которой сквозитъ ихъ унижающій взглядъ на чувство любви.

VII

Судьба или детерминизмъ, какъ любитъ выражаться Николай. Подаютъ мнѣ карточку: Пелагея Герасимовна Кобрина. Я въ первую минуту не сообразила — кто это; но вспомнила, что это моя когда-то старшая подруга по гимназіи Паша Клементьева. Мы съ ней не видались больше восьми лѣтъ — можетъ быть и цѣлыхъ десять. Она рано вышла замужъ и рано овдовѣла, поступила на медицинскіе курсы и потомъ получила степень въ Парижѣ. Объ ней даже писали въ тамошнихъ газетахъ. Кажется, она на годъ или на полтора старше меня.

Когда она вошла, мнѣ сразу показалось, точно будто это совсѣмъ другая личность. Въ памяти моей сохранилась фигура довольно красивой, худенькой блондинки, не очень большого роста; а теперь она — рослая, видная, полная, даже очень полная женщина: лицо круглое, съ немного пухлыми щеками и — какъ мнѣ показалось — цвѣтъ кожи слишкомъ ровный. И глаза чуть-чуть подведены. На лбу модный хохолъ. Шляпка — огромная, со множествомъ цвѣтовъ и бантовъ, и дорогое шелковое платье. Отъ вздутыхъ рукавовъ фигура ея кажется еще болѣе мужественной.

Мы встрѣтились какъ подруги и заговорили на ты. И голосъ ея сдѣлался ниже, гуще, гораздо сильнѣе чѣмъ прежде, немножко съ хрипотой. Сейчасъ видно, что Парижъ сильно прошелся по ней, особенно въ манерѣ говорить — сыпать слова увѣренно и рѣзковато.

Обо мнѣ она тоже ничего не знала и даже здѣсь въ Петербургѣ, за цѣлые полгода, ни отъ кого не слыхала. Теперь она обжилась и пріобрѣла уже хорошую практику.

— Ты по какой-же спеціальности? спросила я ее.

Она оглянула меня, какъ-бы желая сказать этимъ взглядомъ: "какъ же ты не знаешь кто я и на чемъ пріобрѣла извѣстность".

Я даже немножко сконфузилась.

— Я ученица Шарко, сказала она мнѣ.

— И тамъ-же получила степень?

— Тамъ.

— Значитъ, ты докторъ медицины парижскаго университета?

—'turellement! шутливо воскликнула она парижскимъ жаргоннымъ словомъ.

— Поздравляю.

И сейчасъ же меня пронизала мысль, что этотъ визитъ — не спроста. Не спроста — для меня. У ней врядъ-ли была какая-нибудь задняя мысль, кромѣ желанія расширить свои связи.

Особенной дружбы между нами не было, но мы ладили, одно время даже удалялись въ физическій кабинетъ и тамъ много болтали. Если она была ученицей Шарко, стало-быть ея спеціальность — нервныя и душевныя болѣзни.

— Ты психіатръ? спросила я, стараясь сдержать свое волненіе.

— Конечно.

Сейчасъ-же я сообразила: чего-же лучше, какъ не воспользоваться знакомствомъ съ ней, чаще приглашать ее къ обѣду?.. Она по профессіи должна быть наблюдательна... Въ какихъ-нибудь три-четыре недѣли она, и безъ моихъ указаній, составитъ себѣ мнѣніе о душевномъ настроеніи Николая.

— Ты за вторымъ мужемъ? спросила меня Кобрина, и глаза ея — очень искусно подведенные — игриво прищурились.

Значитъ, она слышала — кто мой мужъ и какое у меня прошедшее.

— Да, я вышла въ другой разъ.

Она наклонилась ко мнѣ и въ полголоса, все съ той-же миной, спросила:

— Ты, кажется, со мной стѣсняешься? Я безъ предразсудковъ.

Будь у ней другой тонъ — я-бы не выдержала и стала-бы ей изливаться. Но она, должно быть именно въ Парижѣ, пріобрѣла что-то для меня чуждое. Я рисковала наткнуться на тотъ оттѣнокъ женской положительности, который наши барыни такъ хорошо себѣ усвоиваютъ, поживши во Франціи, на полной волѣ.

Кобрина смотрѣла именно такой свободной женщиной. Можетъ быть у ней есть возлюбленный... Она сумѣетъ устроить свои любовныя дѣла такъ-же ловко, какъ и все остальное.

— А ты давно вдовѣешь? спросила я.

— Ахъ Боже мой, я уже забыла даже, когда я овдовѣла.

— И держишься за свою свободу?

— Безусловно.

Мьт сидѣли въ моемъ будуарѣ. Это было часу въ четвертомъ.

Вошелъ Николай. Онъ, кажется, не зналъ, что у меня гостья. Вѣроятно, онъ откуда-нибудь вернулся, потому что былъ одѣтъ не по домашнему. Я сейчасъ-же подмѣтила на его лбу извѣстную мнѣ черту недовольства. Онъ, должно-быть, хотѣлъ спросить меня о чемъ-нибудь. И видъ моей подруги, и ея тонъ заставили его сразу же сжаться. Онъ вообще и прежде былъ застѣнчивъ и не любилъ такихъ женщинъ, на которыхъ надо сейчасъ-же обращать вниманіе. Я познакомила ихъ, сказала, что Кобрина,— женщина-врачъ, учившаяся въ Парижѣ; но умышленно скрыла, что она ученица Шарко. Она могла, конечно, упомянуть объ этомъ въ разговорѣ; но могло случиться и по другому.

Въ съеженной позѣ сидѣлъ Николай и сначала отмалчивался.

Кобрина стала говорить о себѣ, о своихъ успѣхахъ, о томъ, что ей эти успѣхи достались гораздо труднѣе, чѣмъ женщинамъ, которыя учатся теперь въ Парижѣ.

— Тамъ и до сихъ поръ,— продолжала она — студенчество парижскихъ школъ еще не помирилось съ тѣмъ, что женщины могутъ конкурировать съ нимъ. Французъ въ сущности презираетъ женщину во всемъ, что не ея особенное царство. Вы помните — обратилась она къ Николаю — еще не такъ давно происходили дикія сцены и въ Ecole de médecine, и въ Сорбоннѣ, на лекціяхъ по исторіи литературы? Кто самъ не испытывалъ этого — не имѣетъ понятія о томъ, до какого цинизма могутъ всѣ эти милые молодые люди въ беретахъ доходить въ крикахъ, издѣвательствахъ, пѣсенкахъ... Que sais-je!..

— Тутъ можетъ быть,— сказалъ Николай, поглядывая на нее въ бокъ — кромѣ чувства профессіональнаго соперничества, есть и еще кое-что...

— Что-же именно? нѣсколько задорно спросила Кобрина.

— Да вотъ хотя-бы въ скандалахъ въ парижской Сорбоннѣ... Тутъ какое-же профессіональное соперничество? Приходятъ слушать лекціи литературы. А на дѣлѣ дамы — насколько я могу судить по газетамъ — сдѣлали изъ нѣкоторыхъ аудиторій ярмарку тщеславія. По уставу аудиторія принадлежитъ настоящимъ слушателямъ — студентамъ и всѣмъ, кто связанъ съ университетомъ серьезными занятіями. Дамы овладѣли лучшими мѣстами, являются конечно расфранченными — Николай посмотрѣлъ на ея шляпку — конечно болтаютъ, переглядываются, дѣлаютъ лектору дешевыя оваціи... Имъ непремѣнно нужно какого-нибудь... какъ бишь, имя того метафизическаго филоеофа въ комедіи Пальерона?..

— Le Bellac des dames? весело подсказала Кобрина. Что-же! Это, если хотите, правда. Всегда у такихъ дамъ были свои первые тенора по части философіи и литературы... Вы помните, что Беллякъ — это немножко шаржированный портретъ покойнаго профессора философіи Каро... Теперь пошли другіе, теперь любимцемъ сдѣлался господинъ Брюнетьеръ — протянула она, поведя насмѣшливо своимъ крупнымъ ртомъ, тоже — какъ мнѣ кажется — немножко подцвѣченнымъ. И въ эту минуту я замѣтила, какъ Николай глядѣлъ именно на ея слишкомъ яркія губы.

— Стало быть,— болѣе тревожно продолжалъ онъ — вы сами допускаете, что у студенчества были и другіе мотивы?

— Но развѣ можно смѣшивать вздорныхъ дамочекъ... des caillettes — какъ ихъ называютъ тамъ — съ молодыми женщинами и дѣвушками, способными серьезно преслѣдовать свои цѣли... нисколько не хулю тѣхъ, между нами говоря, шелопаевъ, которые сидятъ по цѣлымъ днямъ въ caboulots Латинскаго квартала?..

— А что такое caboulots? спросила я.

— Ты не знаешь?

— Да и я не знаю, прибавилъ Николай.

— Пивныя, гдѣ прислуживаютъ женщины. Это — язва

28

Латинскаго квартала и скандалисты всего больше набираются изъ такихъ... piliers d'estaminet.

— Можетъ быть, откликнулся Николай, но вѣдь студенты, какъ они ни юны и ни безпорядочны — все-таки, въ концѣ концовъ, чувствуютъ, что тутъ дѣло идетъ о радикальной разницѣ...

— Въ чемъ? перебила его Кобрина. Въ натурѣ мужчины и женщины? Ха, ха, ха!

И обращаясь ко мнѣ она, вскинувъ головой, спросила:

— Раззѣ твой мужъ — мизогинъ?

— Ненавистникъ женщинъ, хотѣли вы сказать?

Николай всталъ и отошелъ къ моему письменному столику.

— Мой личный взглядъ — тутъ не при чемъ, продолжалъ онъ гораздо рѣзче. Но возьмите вы ту самую дамскую аудиторію, о которой сейчасъ была рѣчь. Неужели вы думаете, что есть какая-нибудь существенная разница между этими, какъ вы ихъ называете, перепелками..

— И кѣмъ? сухо и довольно строго остановила его Кобрина.

— И какой-бы то ни было другой женской аудиторіей. Она можетъ быть болѣе подготовлена, сдавать экзамены, дѣлать даже операціи или работать въ лабораторіяхъ; но психологія ея, и въ общемъ, и въ частностяхъ — останется та-же самая. Всегда у ней будутъ фетиши: профессоръ-ли, проповѣдникъ-ли, теноръ или наѣздникъ въ циркѣ! Что парижская Сорбонна, что любой петербургскій институтъ благородныхъ дѣвицъ — факты женской психологіи будутъ принадлежать къ тому-же порядку.

— Такъ вотъ какихъ взглядовъ твой мужъ?! обратилась ко мнѣ Кобрина и ея прищуренные глаза сказали: "Не поздравляю тебя".

— Вы не думайте, что я слагаю оружіе передъ вашими доводами, сказала она поднимаясь. Если позволите, мы еще съ вами поговоримъ на эту тему.

Она встала, оправилась и, уходя, сказала Николаю:

— Женщинѣ нѣтъ никакой надобности отказываться отъ своей натуры. Оттого-то милые молодые люди въ беретахъ такъ и неистовствуютъ: до сихъ поръ она царила только какъ женщина; а теперь приходится тягаться съ ней и мозгами.

Проводивъ Кобрину, я вернулась къ себѣ и не нашла уже Николая. Онъ былъ въ кабинетѣ.

— Тебѣ нужно было что-нибудь?

— Я уже совсѣмъ забылъ, отвѣтилъ онъ мнѣ упавшимъ голосомъ. Эта профессіональная барыня — твоя подруга?

— Да, я, кажется, тебѣ объ ней говорила.

— И она воображаетъ, что докторскій дипломъ переродилъ ее! Можетъ быть, она написала прекрасную диссертацію, но пускай свѣжій человѣкъ войдетъ въ салонъ, гдѣ она изволитъ возсѣдать. Что она собою изображаетъ? Бабѣ сильно за тридцать, щеки набѣлены, брови подкрашены, да и губы также. Что мечется въ глаза во всемъ ея существѣ? Чѣмъ она хочетъ быть прежде всего, что возбуждать въ своихъ соперникахъ мужчинахъ? Какому богу она служитъ? Да все тому-же. Ха, ха, ха!

Я не стала ему возражать. Мнѣ было только очень, очень досадно, что Кобрина произвела на него такое именно впечатлѣніе. Ей будетъ непріятно бывать у насъ... Николай способенъ заводить съ ней все такіе-же раздражающіе разговоры; это ее будетъ !!!монтировать и она — какъ врачъ, какъ спеціалистка по нервнымъ и душевнымъ болѣзнямъ — не въ состояніи будетъ наблюдать спокойно.

И тутъ неудача. Но сдается мнѣ, что никакой спеціалистъ не поможетъ тому, что надвигается на наше супружеское счастье.

VIII

Около двухъ недѣль прошли спокойно; но это спокойствіе — только внѣшнее. Николай часто выѣзжаетъ изъ дому. Кажется, онъ сталъ усиленно хлопотать о мѣстѣ... Я этому очень рада; бездѣйствіе довело-бы его Богъ знаетъ до чего. Онъ мнѣ мало разсказываетъ кого видѣлъ. И вообще, наши разговоры ведутся точно по обязанности.

Меня пугаетъ мысль о той безпомощности, бъ никой я могу очутиться. Безпомощность и полное одиночество! Во мнѣ такое чувство, какъ будто вынули изъ моего существа всю сердцевину. Какъ будто моя личность совсѣмъ не существуетъ теперь и вдругъ я очутилась безъ всякой своей жизни.

Въ первое мое замужество жизнь проходила незамѣтно, иногда пестро, иногда болѣе однообразно. Жила, какъ и сотни другихъ обезпеченныхъ молодыхъ женщинъ. Любовь заставила меня тогда прозрѣть и почувствовать — до какой степени такая жизнь была суха и пуста.

"Старая пѣсня! скажутъ мнѣ на это. Всѣ невѣрныя жены такъ защищаютъ себя". На это я отвѣчу, что я могла-бы до тридцатилѣтняго возраста оставаться въ дѣвицахъ... Отъ этого ничего-бы не измѣнилось въ содержаніи моей жизни; тогда она была-бы только тоскливѣе и монотоннѣе.

Я знаю — станутъ повторять общія мѣста: "вы могли жить для общества, создать себѣ свои интересы, выбрать живую дѣятельность"... Но отчего-нибудь такъ вышло, что я не обставила своей жизни такимъ именно образомъ. И не потому, чтобы я считала себя особенно пустой. Всякое живое дѣло требуетъ опять таки любви; а она не являлась. Не любви и страсти, а идеи что-ли, преданности чему-нибудь, что считаешь цѣннымъ или по крайней мѣрѣ полезнымъ.

Наше сближеніе съ Николаемъ потому такъ и захватило меня, что мы не рисовались, не строили фразъ... Мы искали другъ друга безъ всякихъ постороннихъ цѣлей. Онъ полюбилъ во мнѣ женщину, а не отвлеченную идею, не общественнаго дѣятеля.

И вотъ теперь эта женщина точно перестала существовать для Николая и, какъ я сказала: изъ моей души точно выѣли сердцевину. Но развѣ это говоритъ что нибудь противъ самаго чувства? Кто-же велѣлъ глушить его, впадать во что-то дикое? Если тутъ дѣйствительно происходитъ что-нибудь болѣзненное — надо принять мѣры.

Легко сказать! Николай избѣгаетъ всякихъ разговоровъ о своемъ здоровьи. Но я вижу, что онъ страшно худѣетъ, цвѣтъ лица продолжаетъ быть землистымъ; вѣроятно страдаетъ безсонницей, можетъ быть принимаетъ въ сильныхъ дозахъ наркотическія средства. Теперь онъ устроилъ свою спальню въ кабинетѣ и я не могу слѣдить ни за чѣмъ.

Съ третьяго дня онъ никуда не выѣзжалъ. Обыкновенно онъ встаетъ довольно рано. Часу въ одиннадцатомъ моя Ѳеня сказала мнѣ, что Николай Аркадьевичъ, должно быть, очень мучится головой.

Я вошла въ кабинетъ, извиняясь за то, что его побезпокоила. Николай лежалъ одѣтый на кушеткѣ, съ закрытыми глазами.

Боли были такъ сильны въ правомъ вискѣ и въ темени, что онъ едва могъ говорить. Я настояла на томъ, чтобы онъ принялъ порошокъ, который на меня особенно хорошо дѣйствуетъ: въ немъ есть и антипиринъ, и кофеинъ. Боль продолжалась до обѣда; потомъ вдругъ, какъ это часто бываетъ, голова совсѣмъ прояснилась. Послѣ обѣда у него въ кабинетѣ я сидѣла у стола и читала ему вслухъ. Онъ ходилъ на другомъ концѣ комнаты. Лампа подъ абажуромъ оставляла половину ея въ полутемнотѣ.

— Какъ это странно!— вдругъ какъ-бы про себя выговорилъ онъ и остановился, глядя на ту стѣну, гдѣ виситъ только одна гравюра; обои въ кабинетѣ свѣтло-шоколадные, одноцвѣтные, безъ всякихъ рисунковъ, съ золотыми багетами по карнизу...

— Что такое?— спросила я.

— Ничего,— онъ повернулся, сдѣлалъ шага два и опять сталъ, глядя въ противоположный уголъ.

Это меня начало тревожить. Я положила на столъ книгу журнала, откуда читала ему, и подошла.

— Ты что-нибудь чувствуешь?

— Да, странная какая-то тревога... раздраженіе зрительнаго нерва.

— Вѣдь это бываетъ въ сильныхъ припадкахъ. Развѣ у тебя съ этого не начинается?

— Да, бываетъ... только совсѣмъ не такъ. Тогда является какая-то муть, пеститъ передъ глазами или застилаетъ предметы съ какого-нибудь края... А это совсѣмъ не то.

— Что-же такое?

Я старалась быть спокойной.

— Обои одноцвѣтные,— продолжалъ онъ, вглядываясь въ стѣну,— а мнѣ совсѣмъ отчетливо видны рисунки... листочки и цвѣты; я различаю довольно яркое окрашиваніе... то розоватые, то золотистые цвѣточки, полосы, гирлянды... И все это движется снизу вверхъ и безпрерывно мелькаетъ...

— Закрой глаза и прилягъ на диванъ, лицомъ къ стѣнѣ... Можетъ быть все это и пройдетъ.

Николай тотчасъ-же послушался. Это меня даже удивило. Онъ прилегъ на диванъ и повернулся лицомъ къ его спинкѣ.

— Теперь у меня глаза закрыты...

— И что-же?

— Какъ-будто немножко слабѣе, но все-таки видѣнія продолжаются.

— Можетъ быть отъ лѣкарства?

— Не знаю, только очень-очень непріятно. Лежать съ закрытыми глазами еще тяжелѣе.

Онъ замолчалъ. Протянулось нѣсколько минутъ. Я стояла выжидательно посрединѣ кабинета. Тревога моя не усилилась. Я успокоила себя тѣмъ, что это непремѣнно должно быть въ связи съ припадкомъ невралгіи.

— Ахъ, Боже мой!— вдругъ вскрикнулъ Николай.— Куда дѣваться отъ этого?

И онъ сталъ метаться головой по валику дивана, схватилъ

подушку и прижимался къ ней лицомъ. Я подбѣжала и присѣла къ нему.

— Да что ты чувствуешь, Николя? Опять боль?

— Нѣтъ, голова ясная... Только теперь еще сильнѣе эти гирлянды... и уже не цвѣты, не завитушки, какія-то фигурки, пестрыя...

— Уродливыя?

— Нѣтъ, скорѣе красивенькія... безъ конца, безъ конца... цѣпляются одна за другую и все плывутъ, все плывутъ... А теперь пошли однѣ головы, лица... гримасничаютъ...

Мнѣ дѣлалось жутко: но я не знала чѣмъ помочь. Николай вскочилъ съ дивана и заходилъ опять по кабинету. Я замѣчала, что онъ боится смотрѣть на полуосвѣщенную стѣну и безпрестанно закрываетъ глаза.

— Пойдемъ ко мнѣ; тамъ гораздо свѣтлѣе и обои бѣлые.

Онъ послушался. Я взяла съ собою книгу и продолжала тамъ читать ему вслухъ. Онъ сѣлъ въ большое мягкое кресло и прикрывалъ глаза правой ладонью.

Черезъ четверть часа я спросила:

— Ну, какъ теперь?

— Теперь фигурки и головы исчезли, только немного виднѣются черные разводы и зубцы... чуть замѣтно.

— Это мозговое раздраженіе, сказала я,— и тебѣ-бы надо серьезно посовѣтоваться съ какимъ-нибудь спеціальнымъ врачомъ.

— Съ кѣмъ это? Съ психіатромъ что-ли? Ужъ не съ твоей-ли подругой, госпожей Кобриной?

— Отчего-же-бы и не съ ней? Она считается очень талантливой.

— Благодарю покорно!

— Тебѣ нѣтъ надобности являться къ ней настоящимъ паціентомъ. Я могу ее позвать какъ-нибудь запросто отобѣдать.

— Чтобы она наблюдала меня исподтишка? Очень пріятно! Да я и не думаю, чтобы такая особа, преисполненная сознанія своихъ талантовъ и подвиговъ, могла что-либо объективно наблюдать...

— Полно!— остановила я его построже.— Какъ тебѣ не стыдно, Николя! Ты безъ того былъ съ ней слишкомъ рѣзокъ... почти грубъ. Съ какой стати выставляешь ты себя теперь какимъ-то ненавистникомъ женщинъ? Не больше какъ годъ тому назадъ не было ничего подобнаго. Вѣдь ты-же не надѣвалъ на себя маски. Сколько мы съ тобой переговорили о женщинѣ и никогда я ничего не замѣчала въ тебѣ такого враждебнаго. Въ твои лѣта уже не мѣняются въ какихъ нибудь нѣсколько мѣсяцевъ.

— Что-жъ, ты хочешь можетъ-быть сказать, что это и есть доказательство... моего нервнаго разстройства? Не знаю! Во всякомъ случаѣ я не могу повторять слащавыя банальности. Еще недавно и я не видѣлъ настоящей правды о томъ: что такое женская душа и что — мужская.

Я не рѣшилась продолжать этотъ разговоръ, но все въ Николаѣ: его голосъ, выраженіе глазъ, нервность жестовъ, боязнь появленія новыхъ фигуръ — все это убѣждало меня въ необходимости серьезно заняться его здоровьемъ. Каюсь, мнѣ было-бы менѣе тяжко узнать отъ врача-психіатра, что Николай Аркадьевичъ нажилъ себѣ психопатическое разстройство, чѣмъ если-бъ его всѣ признали совершенно здоровымъ по части душевныхъ явленій. Тогда то, что въ немъ произошло, будетъ грозить мнѣ, какъ безповоротный нравственный кризисъ.

IX

Кобрина вотъ уже больше двухъ недѣль наблюдаетъ Николая. Она дѣлаетъ это очень ловко. Два раза она у насъ обѣдала, заходила и вечеромъ — какъ-бы невзначай.

Она ему не симпатична; но онъ ни разу не сказалъ мнѣ, что не желаетъ видать ее у насъ. Какъ и прежде — онъ держится самой строгой законности. Я могу принимать кого мнѣ угодно, онъ не считаетъ себя въ правѣ стѣснять меня. Но онъ какъ-будто догадывается... Говоритъ о ней за глаза съ особаго рода усмѣшкой, безъ рѣзкихъ выходокъ, но почти всегда на ту тему, что она "интеллигентная франтиха": это прозвище онъ самъ выдумалъ.

"Интеллигентная франтиха!" Быть можетъ это немножко и вѣрно. Она во всемъ франтовата, научилась у парижанъ "faire valoir ses lumières". Но она умна, проницательна, много знаетъ, главное — много видѣла.

Хорошо-ли, что я какъ-бы устроила тайный надзоръ за своимъ мужемъ? Но какъ-же быть? Приставать — лѣчись, измѣни режимъ жизни, ходи въ водолѣчебницу! Онъ не выноситъ такихъ приставаній. А режимъ его теперешней жизни такой, какъ и у сотни петербуржцевъ. Онъ получилъ мѣсто скорѣе, чѣмъ самъ думалъ. И эта должность еще болѣе удалила его отъ меня. Только за обѣдомъ мы видимся да изрѣдка за вечернимъ чаемъ.

Для меня уже не тайна, что Николай избѣгаетъ быть со мною съ глазу на глазъ. Поэтому онъ и выноситъ Кобрину за обѣдомъ.

Я этимъ и объясняю всего больше — почему онъ поуспокоился на счетъ Кобриной. Если она ему и не симпатична, то все-таки-же ея присутствіе избавляетъ отъ интимныхъ разговоровъ со мною.

Неужели это правда? Мы въ какихъ-нибудь нѣсколько недѣль дошли до подобныхъ отношеній? Безъ всякой серьезной причины. По крайней мѣрѣ я не могу ее признать иначе, какъ временнымъ разстройствомъ Николая.

И обвинять себя въ томъ, что я устроила надъ нимъ какъ бы тайный надзоръ — рѣшительно не могу. Наконецъ, если-бъ онъ даже и догадывался, что я начинаю немного подозрѣвать, то и тогда суть дѣла не мѣняется. Напротивъ, я должна была воспользоваться такимъ случаемъ, какъ визитъ Кобриной. Сколько я себѣ ни ломаю голову — другого выхода нѣтъ. Отказаться отъ желанія выяснить болѣзненную причину перемѣны въ Николаѣ — это значитъ идти на что-то въ десять разъ болѣе ужасное. Тогда мнѣ надо будетъ признать, что для него умерло все наше прошедшее...

Мы условились съ Кобриной видаться каждую недѣлю для разговоровъ о Николаѣ.

У насъ въ квартирѣ, даже въ его отсутствіе, никакихъ особенныхъ совѣщаній не бываетъ.

Когда она садится передо мною у своего письменнаго стола въ чисто мужскомъ докторскомъ кабинетѣ — у ней сразу мѣняется тонъ и лицо дѣлается старше и серьезнѣе. За границей пріобрѣла она этотъ тонъ большой увѣренности въ себѣ и такого-же самообладанія.

— Я боюсь,— начала я,— что Николай подозрѣваетъ насъ въ уговорѣ. Развѣ ты не замѣтила, напримѣръ въ послѣдній разъ, что онъ нѣтъ-нѣтъ за обѣдомъ да взглянетъ на тебя полунасмѣшливо? Но всегда въ такую минуту, когда ты говоришь со мной и повернешь голову. Онъ этой миной хочетъ какъ-бы сказать: "не думайте, что я ни о чемъ не догадываюсь".

— Ну такъ что-жъ изъ этого? увѣренно возразила Кобрина.— Самый обыкновенный фактъ! Въ немъ происходитъ вотъ что: онъ съ каждымъ днемъ все сильнѣе убѣждается, что душевное его состояніе — вполнѣ нормально... И ему, можетъ быть, кажется даже забавной моя роль... И пускай! Только-бы онъ не закусилъ удила и не сталъ-бы тебѣ дѣлать сцены изъ-за меня.

35

— Нѣтъ, въ послѣдніе десять дней онъ почти ничего не говорилъ о тебѣ.

— Это — тоже признакъ. Онъ считаетъ ниже своего достоинства — выводить меня на чистую воду. Но развѣ ты не замѣчаешь, что каждый разъ онъ такъ или иначе возвращается къ одной и той-же темѣ: внутренній антагонизмъ между мужчиной и женщиной, глубокая разница между совѣстью того и другой?

— Какже не замѣчать!

— И даже я нахожу въ немъ большую виртуозность по этой части. Онъ заводитъ рѣчь совсѣмъ о другихъ вещахъ. Повидимому. дѣло идетъ вовсе не о женщинѣ, не объ ея натурѣ; а, вникая хорошенько, видишь, что это все новыя иллюстраціи одной и той-же мысли.

— И ты уже подозрѣваешь тутъ зародышъ настоящей болѣзни? спросила я, внезапно охваченная страхомъ.

— Почва есть... для меня это не подлежитъ сомнѣнію...

— Почва для чего?

— Для того, что французы называютъ: manie raisonnante.

— Но вѣдь это грозитъ безуміемъ?!.

— И да, и нѣтъ, смотря по натурѣ. Есть примѣры, что индивиды съ такимъ расположеніемъ живутъ всю жизнь на свободѣ. Они могутъ заниматься своими дѣлами, служить или ничего не дѣлать, жуировать, и во всемъ остальномъ они разсуждаютъ здраво. Память ихъ не парализована, логическая способность — также. И даже въ своемъ пунктикѣ они не говорятъ ничего безумнаго въ тѣсномъ смыслѣ слова. Иногда это бываетъ въ родѣ повѣтрія... une contagion! Въ обществѣ вдругъ оказывается много экземпляровъ, тронутыхъ такимъ повѣтріемъ. Да вотъ, чтобы далеко не ходить, у васъ теперь въ Петербургѣ, да и вездѣ въ провинціи, есть такой видъ коллективной резонирующей маніи.

— Что-же это такое?

— Іудофобія! И прежде было не мало ненавистниковъ еврейской расы; но въ послѣдніе годы это чувство обострилось. Я не хочу читать тебѣ лекціи о причинахъ такого настроенія; я беру только примѣръ, выгодный для меня въ эту минуту.

Она откинула голову назадъ, сидя въ своемъ большомъ креслѣ, и жестъ правой руки показывалъ — какъ ей въ эту минуту пріятно сознавать свой умъ и наблюдательность. И въ самомъ дѣлѣ она могла-бы сейчасъ сѣсть на каѳедру и прекрасно читать. Но ея умъ и знаніе не подсказывали ей того, какъ ей говорить со мною. Моя сердечная рана какъ-бы не существовала для нея.

— И вотъ мы видимъ,— продолжала Кобрина тономъ настоящей французский conférencière — что, здѣсь и тамъ, разные илдивиды, склонные къ болѣзненному резонерству, получаютъ усиленный зарядъ и iудофобiя дѣлается у нихъ постояннымъ аффектомъ. Такой антисемитъ, если только вы съ нимъ разъ поговорили, когда-бы и гдѣ-бы вамъ потомъ ни встрѣтился въ обществѣ,— не можетъ буквально раскрыть ротъ, чтобы третье или четвертое слово его не было окрашено въ тотъ-же колоритъ. Попадаются даже и такiе, что не въ силахъ говорить рѣшительно ни о чемъ другомъ. И мы въ правѣ считать это почвой для manie raisonnante. Такiе маньяки могутъ слыть за совершенно нормальныхъ до тѣхъ поръ, пока въ ихъ обличенiяхъ есть подобiе логической связи...

— Все это такъ — остановила я Кобрину — можетъ быть тутъ и нѣтъ прямой опасности. Мужъ мой не сойдетъ съ ума; а будетъ только переходить отъ одного такого пунктика къ другому...

— И это возможно.

— Но ты пойми — продолжала я, охваченная волненiемъ и слезы выступили у меня на глазахъ,— пойми, что для меня выше всего: наша сердечная связь, чувство, рѣшившее нашу судьбу съ Николаемъ! То, что ты сейчасъ сказала — только кажется менѣе ужаснымъ, чѣмъ возможность настоящаго безумiя. Но для меня, какъ для женщины, это, пожалуй, еще ужаснѣе. Одно изъ двухъ: или это только начало неизлѣчимой болѣзни съ роковымъ исходомъ, или-же... какъ-бы это сказать... болѣе хроническое состоянiе. И въ томъ, и въ другомъ случаѣ что-же предстоитъ намъ? Ты теперь моя...

— Сообщница? подсказала Кобрина.

— Да... лучше сказать союзница; отъ тебя я жду чего-нибудь вѣрнаго. Позволь мнѣ высказать тебѣ еще разъ то, что каждый день мучитъ меня. Скажи мнѣ: развѣ ты не видишь, какая огромная разница между нашими мужчинами и заграничными, особенно французами?

— Конечно вижу.

— Я тебѣ передавала какъ защитникъ Николая, Завацкiй, опредѣляетъ...

— Самоковырянье?! вскричала она весело.

— Да, но это слово не даетъ еще полнаго объясненiя. Припомни, кажется года два тому назадъ, а можетъ и больше — ты еще была въ Парижѣ...

— Тогда это было передъ моимъ отъѣздомъ. Я здѣсь уже больше полутора года.

— Ну, такъ вотъ помнишь, на какомъ-то тамъ театрикѣ поставили "Грозу" Островскаго?..

— Какже не помнить! Была даже на этомъ спектаклѣ.

— А я читала только рецензіи. И не помню уже, гдѣ и какой фельетонистъ — кажется, онъ говорилъ не за себя одного, а за всю публику... Такъ вотъ онъ изумлялся въ юмористическомъ тонѣ тому: какъ у насъ, русскихъ, въ нашей драмѣ неизбѣжный мотивъ, это — раскаяніе. На немъ все держится и къ нему все сводится. Онъ очень ловко провелъ параллель между героемъ пьесы Толстого "Власть тьмы" и Катериной въ "Грозѣ"... А мнѣ, когда я читала эту статейку, припомнилась еще и третья, чисто русская пьеса: "Горькая судьбина" Писемскаго. И тамъ раскаяніе на особенный ладъ, который французамъ, особенно твоимъ парижанамъ, кажется чѣмъ-то мистическимъ и даже дикимъ.

— И что-же!— подхватила Кобрина съ авторитетнымъ жестомъ.— Мои парижане по-своему правы. Когда-то дѣвочкой я проливала слезы, глядя на эту истеричку Катерину; а въ Парижѣ мнѣ ея поведеніе показалось дѣйствительно чѣмъ-то до дикости первобытнымъ!

— Положимъ такъ,— продолжала я.— Но ты — врачъ, прежде всего ты должна брать факты, какъ они есть. Первобытно, дико, все, что тебѣ угодно, но оно такъ. И развратный крестьянскій парень, и мой Николай могутъ очутиться родными братьями; разъ въ нихъ запала какая-то капля душевнаго яда — и все исчезаетъ: связь женщины тяготитъ ихъ, они видятъ въ ней только источникъ нравственнаго паденія...

— Та, та, та!— прервала меня Кобрина и энергическимъ жестомъ положила ногу на ногу.— Въ тебѣ самой, мой милый другъ, та-же закваска... Вы всѣ, русскія барыни — сентиментальщицы, извини меня. У васъ тоже своего рода манія: безконечно говорить о чувствахъ. Милая моя, ты мнѣ все толкуешь о нравственномъ переворотѣ... это метафизика... извращенный идеализмъ.

— Однако, ты, какъ психіатръ, не можешь отрицать того, что душевныя болѣзни происходятъ и отъ чисто нравственныхъ ударовъ?

— Ну, такъ что-жъ изъ этого слѣдуетъ? Но гдѣ-же этотъ ударъ въ жизни твоего мужа? Ты была женой другого, вы полюбили другъ друга разомъ, съ первымъ твоимъ мужемъ у

Николая Аркадьевича не было никакой особенной вражды. И ты, и онъ шли на-проломъ, дѣйствовали смѣло и откровенно.

— А дуэль со смертельнымъ исходомъ?

— Что-же тутъ такого особеннаго?— спросила Кобрина и въ тонѣ ея вопроса заслышалась настоящая парижанка, для которой все это было такъ ясно и просто.— Дѣло понятное,— продолжала она тономъ предсѣдателя суда, дѣлающаго свое резюме,— если предположить, что нервный организмъ твоего мужа былъ уже склоненъ къ чисто русскому душевному ковырянью. Онъ полгода высидѣлъ въ крѣпости, это не шутка. Чѣмъ онъ питалъ свой мозгъ? Разъ у него была склонность къ самоуглубленію, настоящая органическая причина должна была существовать.

— Если ты права, какъ-же быть?

— Какъ быть, мы это рѣшимъ; только дай мнѣ время. Это не то, что прописать рецептъ отъ мигрени. Правильный діагнозъ составляется изъ сотни мелкихъ фактовъ. А тебѣ мой совѣтъ,— закончила она вставая,— слѣди за самой собою, а то ты вдашься въ такуго-же манію. Ты молодая женщина, красивая, живая, умная, тебѣ хочется возвратить любимаго человѣка къ прежнему чувству... Agis en conséquence! Надо вести свою линію, какъ вы здѣсь говорите, безъ борьбы ничего не дается. Надо вѣрить въ себя, въ свой престижъ женщины, а не считать себя жертвой, не мучить себя, не находиться въ постоянномъ тяжеломъ напряженіи. Qae diable! Возьми и ты себя въ руки и, прежде всего, показывай своему мужу, что ты не намѣрена клянчить у него, какъ милостыню, нѣжность и ласку.

Консультація кончилась. Все, что Кобрина говорила, было, съ ея точки зрѣнія, умно и послѣдовательно. Но мы не понимаемъ другъ друга. Я ушла отъ нея еще болѣе безпомощной.

X

Николай опять сталъ мучиться невралгіями.

Онъ до обѣда лежалъ и за столомъ почти ничего не ѣлъ. Вечеромъ онъ куда-то ѣздилъ и вернулся рано. Я хотѣла предложить ему почитать что-нибудь вслухъ и вошла въ кабинетъ. Онъ сидѣлъ у стола, въ большомъ креслѣ, съ низко опущенной головой. Руки болтались по обѣимъ сторонамъ ручекъ. Мнѣ показалось, что съ нимъ дурно. Я тревожно окликнула его еще отъ двери и подбѣжала.

— Что съ тобою, Николя?

Онъ тяжело поднялъ голову и поглядѣлъ на меня какимъ-то дикимъ взглядомъ.

"Господи! внутренго воскликнула я.— Начинается!"

Меня неудержимо охватило убѣжденіе въ томъ, что онъ помутился... вотъ теперь, или сейчасъ, до моего прихода.

— Ничего,— отвѣтилъ онъ и положилъ руки на колѣни съ жестомъ нравственно потрясеннаго человѣка.

Я присѣла на табуретъ тутъ-же у стола. Мнѣ такъ хотѣлось схватить его за руку или взять его голову и приласкать. И я не смѣла. Я боялась вызвать какую-нибудь дикую выходку.

— Скажи мнѣ, ради Бога, Николя,— чуть слышно начала я.— Что съ тобой? Ты-бы легъ. Не послать-ли за докторомъ?

— За какимъ?— злобно сверкнувъ глазами, воскликнулъ онъ.— Не за твоей-ли франтихой?

— За кѣмъ угодно.

— У меня ничего не болитъ... голова ясна.

— Но ты такъ подавленъ... измученъ.

— Измученъ!— повторилъ онъ мои слова и, быстро нагнувшись ко мнѣ, схватилъ меня за руку.

Я вздрогнула отъ радости.

— Коля!

И прильнула къ его рукѣ головой.

— Ты знаешь,— заговорилъ онъ точно совсѣмъ не своимъ голосомъ... Ты знаешь, онѣ меня преслѣдуютъ.

— Кто?

— Фигуры... и одно лицо... всегда одно... головка... зрачки расширены и кровь на вискѣ... струится...

— О чемъ ты, Коля?

— Ну да, ну да! Вы всѣ скажете: "лѣчитесь! Это нервное разстройство". А это только крикъ совѣсти...

И вдругъ онъ схватился за лицо руками и зарыдалъ глухо, не всхлипывая. Его поводили вздрагиванья.

— Что ты! Коля!

Я хотѣла обнять его.

Николай еще ниже опустилъ голову въ ладони и стихъ. По щекамъ текли слезы. Лицо было мертвенно блѣдно.

Онъ опять схватилъ мою руку.

— Я не могу таить... Дима! Меня это задушитъ! Ты должна все знать.

— Не надо, не надо!— истерически вскрикнула я.

— Ты должна все знать,— повторилъ онъ жалобной нотой.— Вотъ какъ было дѣло.

Я еще не понимала, о чемъ онъ говоритъ; но заставить его замолчать — не могла.

— Онъ стоитъ передо мною всегда, какъ живой, только-что я закрою глаза. И видится мнѣ поляна... и стволъ березы справа... И пятна талаго снѣга... На немъ была короткая синяя визитка... и голова его вырѣзывалась на свѣтлой полосѣ неба... Вотъ мы сходимся... секунданты кричатъ: разъ, два, три! Стрѣлять мы имѣли право въ промежутки этихъ трехъ сигналовъ... У меня зрѣніе особенное. Я видѣлъ малѣйшую складку на его лбу, когда онъ приближался къ барьеру... Не доходя до него — ты слышишь, на ходу — онъ выстрѣлилъ. Но взглядъ его... такъ и пронизалъ меня. Въ этомъ взглядѣ было явное презрѣніе ко мнѣ... Онъ говорилъ: "ты подло укралъ у меля жену... Ты не стоишь и того, чтобъ уложить тебя на мѣстѣ..." И онъ выстрѣлилъ на воздухъ... такъ выстрѣлилъ, что секундантамъ не было это замѣтно. Но я видѣлъ... и подошелъ къ барьеру... и на двухъ-аршинномъ разстояніи сталъ цѣлить прямо въ високъ... прямо...

— Быть не можетъ!— крикнула я.— Ты мнѣ не говорилъ этого... тогда... тотчасъ послѣ дуэли.

— Я скрылъ... я былъ подлый лжецъ...

— Ты тогда не лгалъ!

— Что-жъ, я выдумалъ это? Дима! Дима! Какъ это гнусно! Какъ гнусно!

— Ты имѣлъ право...

— На что право? точно съ ужасомъ прошепталъ онъ.

— Онъ тебя вызвалъ своимъ взглядомъ... тѣмъ, что онъ нарочно не цѣлилъ въ тебя. Ты мужчина. Ты его смертельный соперникъ.

— Замолчи! Ради Создателя, замолчи!— крикнулъ онъ. Имѣлъ право! Какое? Оттого, что мужъ твой смѣрилъ меня взглядомъ честнаго человѣка, я имѣлъ право предательски убить его?

— Предательски! На дуэли?

— Да, предательски.

— Дуэль есть — дуэль.

— Не говори этого! Не смѣй говорить!— гнѣвно крикнулъ онъ.— Это гнуснѣе, чѣмъ зарѣзать человѣка изъ-за угла, чтобы ограбить его. Быть самому воромъ, быть уличеннымъ въ воровствѣ, въ скверномъ поступкѣ, въ посягательствѣ...

— На что?— опять не выдержала я.— Я тебя полюбила! Ты забываешь, что я личность. Что ты говоришь? Опомнись!..

— Дима!— прервалъ онъ меня и протянулъ ко мнѣ обѣ

руки.— Дима! Опомнись и ты! Пойми — какъ гадко, какъ глубоко безстыдно то, что мы дѣлали послѣ, тотчасъ-же послѣ того, какъ я убилъ твоего мужа... Убилъ злодѣйски... Не защищая свою кожу, а изъ самаго отвратительнаго побужденія... Что мы дѣлали?

Онъ снова охватилъ ладонями лицо и зарыдалъ.

И я была, наконецъ, потрясена его страданіемъ. Я не могла считать его безумнымъ; слишкомъ все это было сильно и убѣжденно. Каждое слово вылетало изъ самой глубины его измученной груди.

Я сама стала плакать, глотая свои слезы.

— Что мы дѣлали? Въ тотъ-же день! Въ ту-же ночь!

Мнѣ представилась моя комната въ отелѣ, куда я перѣѣхала, куда я убѣжала. У меня не было вида на жительство. Иванъ Андреевичъ отказалъ мнѣ въ немъ; но я тайно жаловалась на него — и начальство меня не безпокоило.

Николай пріѣхалъ прямо ко мнѣ. И это была моя первая безумная ночь съ нимъ.

— Мы какъ звѣри,— слышался мнѣ прерывистый, плачущій звукъ его голоса,— какъ звѣри отдавались другъ другу. А онъ у себя, одинъ, смертельно раненый, хрипѣлъ въ агоніи. Господи! Какой ужасъ!

Онъ весь дрожалъ. И я была сражена этой картиной.

— Кто-же довелъ и тебя до такой гнусности? Кто, коли не я? И мы забыли все! Ни проблеска совѣсти! Это называется любовь? Вѣдь, да? А она все искупляетъ, все оправдываетъ? Не правда-ли?.. Ну говори, говори... Приведи мнѣ хоть одинъ доводъ... Хоть одинъ...

Я не могла выговорить ни одного слова. И я вся дрожала. Но внутри у меня все возмущалось противъ такихъ обвиненій. Наша любовь была оклеветана имъ, растоптана, брошена въ какую-то грязную лужу. Если-бы я могла говорить, я-бы подавила его "доводами", на которые онъ вызывалъ меня.

— Ты молчишь? Ты сознала только теперь, Дима, что мы стали сообщниками кроваваго и грязнаго дѣла? Да! Кроваваго... Оно начало душить меня черезъ мѣсяцъ послѣ того, какъ я попалъ въ крѣпость... Но и на судѣ меня уже мутило что-то. Мой франтъ-защитникъ не понялъ меня... Того, что уже сквозило въ моемъ словѣ судьямъ... Онъ навѣрно счелъ это ловкимъ пріемомъ... Для смягченія кары... Кровь и грязь... все подступали, все поднимались и я барахтался въ нихъ. И мозгъ не выдержалъ. Мнѣ, какъ Борису Годунову... стали казаться кровавыя фигуры и головы, головы безъ конца... Отъ нихъ можно излѣчиться... А отъ этого — онъ ударилъ себя въ грудь — вылѣчиться нельзя. Это требуетъ искупленія...

"Какого?" хотѣла я вскрикнуть и не могла.

— Мы прощаемся, Дима — выговорилъ Николай и руки его опустились, голова откинулась назадъ.

— Затѣмъ прощаемся?— вымолвила я съ усиліемъ.

— Ты не понимаешь? Поймешь! Я долженъ искупить. Я не въ силахъ, пойми-же въ послѣдній разъ: не въ силахъ я выносить... Изстрадался!— протянулъ онъ жалобно.— А ты не понимаешь!— повторилъ онъ подавляющей нотой жалости и горечи.

— Уйди! Уйди!— чуть слышно вымолвилъ онъ.— Умоляю тебя. Я все сказалъ. И больше ни слова, ни звука... пока вытерплю.

И движеніе его руки показывало, что мое присутствіе — тяжко для него, невыносимо.

Я поднялась.

XI

Къ кому-же мнѣ было идти, какъ не къ его адвокату? Такой тонкій человѣкъ, какъ Завацкій, не могъ не подмѣтить, въ то время, когда онъ бесѣдовалъ съ своимъ кліентомъ до суда: было-ли на его совѣсти хоть что-нибудь, указывающее на то, что я выслушала отъ Николая.

Я была такъ нравственно измучена и потрясена, что не сразу могла совладать съ собою... Со мной сдѣлался припадокъ, кажется первый въ моей жизни, по крайней мѣрѣ такой именно. Завацкій не растерялся... Онъ очень скоро привелъ меня въ чувство, усадилъ въ кресло и не позволилъ говорить до тѣхъ поръ, пока я хоть сколько-нибудь не успокоюсь.

И тутъ, когда мнѣ нужно было передать, какъ можно яснѣе и вѣрнѣе, то, что я услышала отъ Николая, я почувствовала приливъ душевныхъ силъ; слезы уже не мѣшали мнѣ; я не путалась въ словахъ и нѣкоторыя фразы Николая выговорила, точно я ихъ выучила наизусть. Это меня даже изумило.

Завацкій слушалъ, сидя около меня, съ низко опущенной головой, ни разу не остановилъ ни вопросомъ, ни замѣчаніемъ.

— Что это такое?— спросила я, докончивъ свой докладъ.— Есть-ли въ этомъ хотя подобіе фактическаго содержанія?

Онъ сначала подумалъ.

— Мнѣ, Авдотья Петровна, почти невозможно отвѣчать на

вашъ вопросъ, по крайней мѣрѣ въ эту минуту... Какъ происходило дѣло на дуэли — могли знать только секунданты и врачъ. И ихъ показанія значатся въ процессѣ — вы ихъ читали. Я ихъ помню если не дословно, то довольно хорошо.

— Тамъ ничего подобнаго нѣтъ.

Завацкій сжалъ губы и прищурился.

— Позвольте,— заговорилъ онъ, нѣсколько другимъ тономъ,— мнѣ вспомнилась фраза, гдѣ былъ какъ-будто намекъ... Это — въ показаніи одного изъ секундантовъ Ивана Андреевича.

— Какой-же это намекъ? Я не помню его. Вчера я ночью нѣсколько разъ перечитала отчетъ процесса, придиралась къ каждой фразѣ, и ничего не нашла.

— Говорю вамъ, это былъ одинъ легкій намекъ... Онъ могъ и не попасть въ отчетъ. Теперь я припоминаю, что у меня явилось даже опасеніе: не хочетъ-ли свидѣтель поиграть на какой-нибудь инсинуаціи.

— Развѣ онъ что-нибудь подобное сказалъ?

— Нѣтъ, онъ намекнулъ только, что Иванъ Андреевичъ держалъ себя, какъ человѣкъ, не желавшій серьезнаго исхода.

— Это не такъ!— воскликнула я.— Въ сценѣ объясненія съ Николаемъ, какъ онъ велъ себя, выказалъ такую жесткость, такой эгоизмъ, наконецъ, онъ оскорбилъ Николая. Тому нельзя было не вызвать его. Дуэль была неизбѣжна.

— На нашъ съ вами взглядъ, замѣтилъ Завацкій съ усмѣшкой. Судъ посмотрѣлъ иначе: для него и для всѣхъ сторонниковъ вашего перваго мужа Иванъ Андреевичъ былъ жертва. У него отняли жену и явились къ нему требовать категорически, чтобы онъ отъ нея отказался по доброй волѣ. Если-же идти дальше, то выходитъ такъ, что мужъ долженъ былъ, чтобы обезпечить вамъ выходъ замужъ, принять вину на себя.

— Ни я, ни Николай никогда этого не требовали.

— Я знаю, что не требовали; но я становлюсь въ настоящую минуту на почву обвиненія. Какъ вы съ Николаемъ Аркадьевичемъ вели себя? Правильный исходъ, какой представлялся, это — открытый бракъ. Будь у васъ другіе мотивы — и у васъ, и у него — тогда вы или пошли-бы на тайную супружескую невѣрность, а онъ на такое же тайное или явное положеніе вашего возлюбленнаго, или-же вы, безъ всякихъ объясненій съ мужемъ, ушли-бы отъ него. Не правда-ли?

— Но зачѣмъ намъ все это перебирать, Семенъ

Семеновичъ? почти закричала я.— Я хочу знать одно: было-ли на самомъ дѣлѣ что-нибудь похожее на то, что выросло теперь въ глазахъ моего мужа въ нѣчто страшное, что сдѣлало его мученикомъ своей совѣсти?

— Повторяю опять, Авдотья Петровна: объективно засвидѣтельствовать это я не имѣю никакой возможности. Николай Аркадьевичъ говорилъ со мной, какъ съ своимъ защитникомъ. Впрочемъ, вы припомните то, что я вамъ сообщалъ еще не такъ давно... То-же повторю и теперь... Сначала въ немъ дѣйствовалъ аффектъ и не было никакого раздвоенія. Потомъ, въ залѣ суда и нѣсколько раньше, начался какой-то процессъ самоуглубленія и, какъ я кажется тогда позволилъ себѣ назвать, самоковырянья.

— Но если такъ, то вѣдь это можетъ быть не что иное, какъ результатъ постоянной работы мысли на одну тему.

И тутъ я ему призналась, что, вотъ уже нѣсколько недѣль, какъ Кобрина наблюдаетъ Николая; привела ему и то, что она говорила о такъ называемой разсуждающей маніи.

— И это возможно, выговорилъ онъ значительно.— Но тутъ я опять-таки нахожусь въ пассивномъ положеніи. Мужа вашего я за послѣднее время совсѣмъ почти не видалъ... Разъ только встрѣтились съ нимъ на улицѣ. Мы остановились, перекинулись нѣсколькими словами. Онъ мнѣ показался и физически очень измѣнившимся: похудѣлъ, цвѣтъ лица нездоровый и даже во взглядѣ что-то тревожное. На мои вопросы онъ отвѣчалъ какъ-то уклончиво; вообще, если-бъ я былъ обидчивѣе, я-бы подумалъ, что онъ хочетъ отъ меня отдѣлаться.

— Вотъ видите!

— Да... но, дорогая Авдотья Петровна, нынче вѣдь словомъ психопатія нестерпимо злоупотребляютъ! Вѣроятно и ваша пріятельница, госпожа Кобрина — какъ многіе психіатры — склонна каждаго произвести въ умалишенные? Вѣдь у спеціалистовъ есть также склонность къ тому, что ваша пріятельница называетъ разсуждающей маніей.. Читали вы когда-нибудь "Записки доктора Крупова"?

— Нѣтъ, не читала.

— Остроумная вещь, и до сихъ поръ не потеряла своей соли. Кто-то мнѣ говорилъ, вернувшись изъ Италіи, что и знаменитый Ломброзо, сочинившій теорію о томъ, что геній и безуміе одно и то-же — во всѣхъ талантливыхъ людяхъ подозрѣваетъ примѣсь умственнаго разстройства и готовъ чуть не каждаго признать кандидатомъ или въ сумасшедшій домъ, или на каторгу...

— Ахъ Завацкій — перебила я — оставимъ мы все это... я знаю, что вы очень умны и начитаны... Но развѣ вы не чувствуете, что въ моей жизни происходитъ что-то страшное? Вы видите, что я безпомощна, я теряюсь, я не вижу, какъ мнѣ возвратить прежняго Николая. Какъ я ни бьюсь — я не могу выйти изъ этой дилеммы: или Николай дѣлается душевнымъ больнымъ и намъ грозитъ его нравственная смерть; или-же тутъ дѣйствительно страданья совѣсти — и для меня, какъ для женщины, это едва-ли еще не ужаснѣе!..

Завацкій посмотрѣлъ на меня пристально.

— Вы скажете, что это отвратительный эгоизмъ! закричала я. Пускай, дескать, онъ лучше сойдетъ съ ума, чѣмъ я его потеряю здороваго, но охладѣвшаго ко мнѣ?..

— Напротивъ, я васъ очень хорошо понимаю... для васъ, какъ для женщины, вторая вѣроятность альтернативы, пожалуй, еще ужаснѣе.

— Допустимъ — продолжала я уже вся пылающая — допустимъ, что въ немъ только работа совѣсти. Но я-то въ чемъ-же виновата? А выходитъ какъ-будто, что виновница я! Онъ мнѣ не сказалъ еще ни разу: "ты вовлекла меня въ постыдное дѣло", но это я чувствую. И вся его послѣдняя исповѣдь... Онъ плакалъ, ломалъ руки, клеймилъ себя, точно послѣдняго злодѣя... А подъ этимъ я чуяла что-то другое...

— Что-же еще, Авдотья Петровна? остановилъ меня Завацкій.— Не впадайте и вы въ болѣзненный анализъ.

— Что — спрашиваете вы? Я вамъ не могу сейчасъ опредѣлить такъ, чтобы вы приняли это за что-нибудь серьезное; но я знаю, что оно такъ.

Тутъ я почувствовала, что нашъ разговоръ ушелъ въ сторону; вѣдь я прибѣжала къ Завацкому, ища совѣта и поддержки — и сама запуталась.

— Простите, Семенъ Семеновичъ, сказала я, уже совсѣмъ упавшимъ голосомъ.— Я буду молчать. Говорите вы, дайте мнѣ какую-нибудь нить! Если-бъ я бросилась не къ вамъ, а къ Кобриной — она конечно-бы, какъ спеціалистка, увидала во вчерашней сценѣ новый признакъ, подтверждающій ея діагнозъ. Но вы не согласны злоупотреблять словомъ психопатія. Вы знаете жизнь, вы умный человѣкъ, къ Николаю вы относитесь хорошо, спокойно; надѣюсь, и ко мнѣ также.

Онъ взялъ меня за руку, пожалъ ее и сталъ глядѣть на меня ласково; но опять съ тѣмъ оттѣнкомъ неизбѣжной игривости, который мнѣ показался неумѣстнымъ въ такомъ умномъ человѣкѣ и въ подобную минуту.

— Авдотья Петровна, заговорилъ онъ гораздо слаще и медленнѣе — вы — настоящая женщина! Для васъ потеря чувства — самое высшее несчастье. Это тѣмъ сильнѣе, что вы долго, слишкомъ долго жили безъ любви. Какъ-же вамъ теперь быть? Во всякомъ случаѣ — не осложнять ничего. Мужъ вашъ находится теперь въ новомъ аффектѣ; онъ переживаетъ пароксизмъ раскаянія, годъ спустя послѣ того, какъ его пуля смертельно ранила его соперника. Съ русскими натурами все возможно. Спросите вы самое себя, какъ слѣдуетъ, строго: что для васъ страшнѣе — то-ли, что онъ дѣйствительно, какъ онъ называетъ, умышленно убилъ своего великодушнаго соперника, или то, что вы лишаетесь его любви? Развѣ второе для васъ не страшнѣе?

— Страшнѣе, прошептала я.

— Вотъ видите. Такъ оно и должно быть въ каждой настоящей женщинѣ. Я это говорю безъ всякаго Сеничкина яда — сказалъ Завацкій, засмѣявшись своимъ короткимъ, непріятнымъ для меня смѣхомъ.— Онъ — убійца? Разумѣется, если смотрѣть на это прямолинейно, евангельски. Да и какъ могло быть иначе? Если онъ тогда страстно любилъ васъ, желалъ вами обладать — ему нужно было, во что-бы то ни стало, устранить мужа. Предположимъ даже, что Иванъ Андреевичъ повеликодушничалъ, такъ очевидно, что нельзя было его противнику не замѣтить этого. Даже самое это великодушіе могло только вызвать въ немъ лишній импульсъ гнѣва. Онъ могъ почувствовать въ этомъ — желаніе показать ему, что онъ не стоитъ даже выстрѣла. Такъ, вѣроятно, и было, и только теперь, по прошествіи года, вдавшись въ процессъ саморазбиранья, онъ оцѣниваетъ это иначе, и конечно никому — ни вамъ, ни мнѣ, ни вашей пріятельницѣ-психіатру не удастся разубѣдить его въ этомъ до тѣхъ поръ, пока онъ не переживетъ того, что въ немъ происходитъ.

— Вы правы,— проронила я.

— Предположимъ даже, что онъ завтра, или чрезъ полгода, или черезъ годъ, совершитъ настоящее уголовное преступленіе — зарѣжетъ кого-нибудь или застрѣлитъ, въ припадкѣ запальчивости или изъ мести. Придумайте сами какой угодно случай. Вѣдь вы раздѣлите его судьбу навѣрно. Для всѣхъ онъ будетъ преступникъ, а для васъ — нѣтъ, особенно если этотъ преступникъ любитъ васъ. Даже если-бъ онъ теперь сдѣлался дѣйствительно убійцей — вы все-таки пойдете за нимъ, хотя и чувствуете, что онъ уже не тотъ, что прежде, пойдете потому, что страсть въ васъ не перегорѣла.

— Но какъ-же мнѣ поступать? На что мнѣ надѣяться?

— Надо переждать, Авдотья Петровна, берегите себя,— онъ опять взялъ меня за руку,— подумайте; передъ вами еще долгая жизнь, вы молоды...

"Красивы", прибавила я мысленно.

— Не тратьтесь такъ на всѣ эти волненія. Вы въ первомъ замужествѣ жили безъ любви... Теперь вы опять въ одиночествѣ. Если ужъ не удастся вамъ вернуть къ себѣ прежняго Николая Аркадьевича — изъ-за чего-же вамъ-то хирѣть и увядать?

Взглядъ Завацкаго досказывалъ остальное. Я отдернула руку. Мнѣ было горько за всю эту ненужную консультацію. Но я воздержалась отъ всякаго рѣзкаго слова.

— И это все?— спросила я.

— Нѣтъ, не все. Если ваша пріятельница права и въ Николаѣ Аркадьевичѣ начинается серьезный психопатическій процессъ — тогда дѣйствуйте въ его-же интересахъ. Выздоровѣетъ онъ — верните его къ себѣ... а нѣтъ — помиритесь съ этимъ, какъ всѣ мы должны помириться со смертью, и не убивайте себя по напрасну; а сохраните въ себѣ способность отдаваться чувству, не обрекайте себя на ненужное мученичество.

И опять выраженіе его глазъ досказало остальное.

XII

Протянулось болѣе недѣли затишья. Николай какъ будто пришелъ въ себя и сталъ одумываться. Никакихъ выходокъ, никакихъ обличеній самого себя. За обѣдомъ ровный разговоръ въ мягкомъ тонѣ. Какъ будто даже онъ самъ усиленно избѣгаетъ всего, что можетъ дать ему поводъ обличать себя.

И я стала надѣяться. Съ каждымъ днемъ росла во мнѣ потребность ласки; меня все сильнѣе влекло къ нему. Не скрываю: влекло, какъ влюбленную женщину. Мое одиночество глодало меня. Каждую ночь я прислушивалась — спитъ онъ или нѣтъ. Вотъ онъ придетъ, и протянетъ ко мнѣ руки, и возьметъ меня. И мы оба все забудемъ въ мигъ: его вольное и невольное безуміе. Пойдетъ та жизнь, которая, какъ лучезарная звѣзда, манила меня съ той минуты, когда я впервые сказала ему, что люблю его.

Но онъ не шелъ. Это было сильнѣе меня. Я сама пошла къ нему. Онъ уже заснулъ. Я разбудила его, бросилась на колѣни у его изголовья, обвила его шею руками и стала цѣловать... Я не могла ничего говорить, вся дрожала и только отрывистые звуки вылетали изъ горла, не то вздохи, не то рыданія. Въ головѣ у меня совсѣмъ помутилось.

Отрезвленіе было быстрое. Когда я пришла въ себя — я сидѣла у его ногъ, съ такимъ чувствомъ, точно меня въ чемъ-то позорномъ уличили и оттолкнули.

Лица Николая я не видѣла. Онъ не зажегъ свѣчи. Только голосъ его доходилъ до меня, его переливы и раскаты разносились надо мною и хлестали меня, какъ презрѣнную блудницу.

— Не могу я, не могу!— говорилъ Николай сначала задыхающимся голосомъ.— Не могу я отвѣчать на твои ласки, Дима! Мнѣ гадко и страшно за тебя, за насъ обоихъ.

— Не надо, не надо мнѣ твоихъ окриковъ!

Въ первую минуту я была еще въ силахъ выговорить это.

— Я не того хочу! Приди въ себя, дай мнѣ хоть проблескъ счастья! За что-же отталкивать меня, точно я самая послѣдняя развратница?..

Губы мои вздрагивали и я не могла докончить.

Николай приподнялся и порывистымъ движеніемъ приблизилъ ко мнѣ голову. Я чувствовала, какъ все его тѣло поводили нервныя подергиванья.

— Такъ что-же такое,— гнѣвно и громко вскричалъ онъ,— я-то для тебя? Ты, стало-быть, забыла то, что вотъ въ этой самой комнатѣ, не больше, какъ десять дней назадъ, я говорилъ тебѣ? Что-же это комедія была, выдумка, рисовка? Или я душевно больной? Такимъ, вѣроятно, твоя ученая пріятельница меня и считаетъ. Ты думаешь, я не замѣчалъ ничего? Прекрасно все понялъ и сообразилъ: она предавалась исподтишка наблюденіямъ надъ психіатрическимъ субъектомъ. На здоровье! Но если я сумасшедшій, то твое поведеніе еще ужаснѣе. Ты пришла зачѣмъ? Разбудить чувственный инстинктъ въ сумасшедшемъ? Вѣдь это чудовищно!

— Я не считаю тебя такимъ,— чуть слышно промолвила я.

— Не считаешь? Тогда что-же выходитъ? Пойми, какая пропасть между вами и нами. Ты выслушала мою исповѣдь. Если ты не считаешь меня помѣшаннымъ, то не имѣешь и никакого права смотрѣть на то, въ чемъ я безповоротно убѣжденъ, какъ на пустую выдумку. Ты слышишь: я называю себя добровольнымъ и злостнымъ убійцей твоего перваго мужа, и никакіе психіатры, никакіе франты-адвокаты, никакіе соблазнительницы въ мірѣ не разубѣдятъ меня въ этомъ, и пока голосъ моей совѣсти не замеръ — онъ сильнѣе всего остального.

— Все это лишнее!— растерянно выговорила я.— Ты самъ хочешь убить въ себѣ всякое чувство къ той, которая отдалась тебѣ вся... беззавѣтно...

— Молчи!— глухо вскрикнулъ онъ.— Ради Бога молчи! Не выставляй своей души въ такомъ цинически обнаженномъ видѣ... И выходитъ, что я не ошибался, и ты — какъ и всѣ остальныя женщины. Для васъ выше всего — выше Бога, чести, правды, идеи — инстинктъ!..

— Я люблю тебя, Николай!— почти съ воплемъ вырвалось у меня.— Люблю! Люблю! Не клевещи, не оскорбляй! Ты мнѣ дорогъ, вся твоя душа... все твое!

— Что-же дорого-то во мнѣ? Тѣло мое? Черты лица? Носъ, глаза, ростъ, все сложеніе? Твой первый мужъ былъ гораздо красивѣе меня. Стало-быть душа, какъ ты говоришь? Что-же это такое душа? Вѣдь она изъ чего-нибудь состоитъ, а? Изъ какихъ-нибудь свойствъ? Ты вообразила себѣ, что встрѣтила избранную натуру, человѣка съ высокой душой, а вышло, что онъ самый заурядный себялюбецъ и хищникъ и только дожидался случая показать на что онъ способенъ. Дима! Ты слышала мою исповѣдь. Второй разъ я ее повторять не стану. Теперь не обо мнѣ рѣчь идетъ, а о тебѣ. Неужели ты — разъ моя исповѣдь не бредъ сумасшедшаго — неужели ты сама не почувствовала такой боли, такого потрясенія, при которыхъ любовной страсти нѣтъ больше мѣста? Но зачѣмъ я спрашиваю? У меня на лицо голая правда. Ты сама себя выдала. Такъ и должно быть для всякой истинной женщины! Сколько разъ, читая отчеты объ уголовныхъ процессахъ вездѣ, и за границей, и у насъ, я чувствовалъ, до какой степени для женщины безразлично: кто ее любитъ и кого она любитъ. Злодѣй или закоренѣлый мошенникъ возбуждаетъ во всѣхъ отвращеніе вплоть до сыщиковъ, а она готова жизнь свою положить за него! И сплошь и рядомъ онъ ее билъ, торговалъ ею, всячески унижалъ... И — ничего, все забыто!.. Этотъ злодѣй, этотъ мошенникъ будетъ ея кумиромъ до тѣхъ поръ, пока въ ней говоритъ инстинктъ.

Эти слова Николая были точно страшнымъ откликомъ того, что я слышала на-дняхъ отъ его защитника.

— И ты, какъ другія! Ни одного проблеска совѣсти... Я далъ тебѣ время, я ждалъ. Въ эти десять дней ты могла придти къ какому-нибудь выводу... А ты даже не старалась меня разубѣдить. Для тебя что было, то прошло! Для тебя моя исповѣдь — мужская блажь, лишнее доказательство того, что мужчины не умѣютъ любить.

— Не умѣютъ! повторила я.

— Ну да! А вы умѣете! Вотъ это-то ваше умѣнье и мрачитъ нашу совѣсть.

Николай произнесъ послѣднія слова ослабѣвшимъ голосомъ и упалъ головой на подушку.

— Довольно! чуть слышно выговорилъ онъ.

И отъ этихъ прерывающихся звуковъ я вздрагивала сильнѣе, чѣмъ отъ раскатовъ его голоса.

— Мнѣ тяжело, прошу, оставь меня. Намъ не объ чемъ больше говорить, не унижая себя. Еще одинъ шагъ и ты совсѣмъ пропадешь въ собственныхъ глазахъ. Убійца, какимъ я себя считаю, не можетъ быть твоимъ возлюбленнымъ.

Онъ повернулся головой къ спинкѣ дивана и смолкъ. Это былъ мой приговоръ. Я сидѣла какъ истуканъ. Никакого слова больше не находила я въ себѣ. Меня убивала моя жалкая безпомощность, какъ женщины, еще не такъ, давно любимой этимъ самымъ человѣкомъ.

Чего-же легче было — броситься къ нему, дать ходъ чувству, которое клокотало во мнѣ, когда я проникла къ нему въ кабинетъ? Но это было безполезно. Николай правъ: какъ-бы женщина ни отдавалась своему чувству — есть предѣлъ для всего. Къ чему идти на новый стыдъ, на лишнее посрамленіе?

Рыдать, цѣловать его ноги, умолять... о чемъ? Чтобы онъ мнѣ, какъ милостыню, кинулъ ласку?

Такъ я просидѣла... сколько, времени, не могу сказать. Я вся заходолѣла и на щекахъ чувствовала свѣжесть застывающихъ слезъ. Какъ пьяная, пошатываясь, добралась я до моей спальни и повалилась на постель.

Припадка не было, ни истерики, ни обморока. Напротивъ, черезъ нѣсколько минутъ голова стала страшно ясной — должно-быть такъ бываетъ съ тѣми, кто выслушаетъ смертный приговоръ. Послѣ самыхъ тяжелыхъ терзаній души все проясняется и смотришь безстрастно на свою судьбу. Приговорили васъ къ смертной казни и вы тутъ только въ силахъ обсудить: стоитъ-ли вамъ еще надѣяться на что-нибудь, подавать просьбу объ отмѣнѣ приговора или о помилованіи. Позднѣе, быть-можетъ, жажда жизни возьметъ верхъ и осужденный оттягиваетъ приближеніе рокового дня; но въ эту минуту у него нѣтъ никакихъ иллюзій и пустыхъ тревогъ.

Почти то же испытала и я, лежа съ открытыми глазами на моей засвѣжѣвшей постели.

Приговоръ произнесенъ и скоро будетъ казнь. Въ какой формѣ — я не знаю, да это и безразлично! Онъ не вернется ко мнѣ. Что онъ съ собою сдѣлаетъ — тоже не знаю. Фактически — что-же онъ можетъ съ собою сдѣлать для искупленія того, что онъ считаетъ своимъ злодѣйствомъ? Вѣдь это не простое уголовное преступленіе. Пошелъ-бы онъ къ прокурору и заявилъ, что убійца — онъ. Что-же бы тогда было? И тогда дали-бы какой-нибудь ходъ дѣлу только въ томъ случаѣ, если-бъ за него пострадалъ другой; а иначе не все-ли равно? Наконецъ, если-бъ даже онъ убилъ моего перваго мужа, придя къ нему въ кабинетъ, или изъ-за угла, на прогулкѣ, на лѣстницѣ? Присяжные могли-бы его оправдать... И тогда, сколько онъ ни кайся, все-таки его никуда-бы не сослали! А тутъ и подавно. Завацкому вспомнилось про какой-то намекъ одного изъ секундантовъ. Призовите этого секунданта, допросите его теперь: навѣрно онъ дастъ уклончивый отвѣтъ. Наконецъ, это могло ему только показаться. Грозный судья Николая — его собственная совѣсть, и ничего больше...

Вотъ совершенно такъ разсуждала я, лежа съ открытыми глазами... И никогда еще я такъ связно и послѣдовательно не думала на такія чисто мужскія темы.

Да, что онъ съ собою сдѣлаетъ — я не знаю. Но онъ для меня погибъ... И я предметъ его если не ненависти, то уничтожающей жалости, какъ существо съ такой низменной душевной жизнью!..

Можетъ быть, онъ мнѣ предложитъ разойтись мирно, безъ новыхъ раздирательныхъ сценъ. Разойтись какъ? Въ его теперешнемъ настроеніи онъ не разведется... Для этого надо продѣлывать многое, на что онъ ни подъ какимъ видомъ не пойдетъ. Онъ не возьметъ на себя вины въ вымышленномъ нарушеніи супружеской вѣрности... не позволитъ и мнѣ взять на себя того же.

Да и зачѣмъ мнѣ свобода? Чтобы опять полюбивъ кого-нибудь, налагать на себя узы? Любовь точно подстерегла меля изъ-за угла и предательски бросила въ какую-то яму, откуда нельзя выбраться на Божій свѣтъ. Полюбишь и опять выростетъ передъ тобой и любимымъ человѣкомъ стѣна, опять скажется та глубокая рознь между нами и ими, о какой я никогда прежде не думала.

Гдѣ-же мое счастіе? Когда оно было? Въ короткія минуты

самообмана? Вѣдь если вѣрить Николаю — одинъ инстинктъ говорилъ въ насъ...

И новая любовь — будь она мыслима для меня — уже не спасетъ отъ раздвоенія... Душа моя, быть можетъ, навѣкъ отравлена...

Что-же мнѣ дѣлать? Чего ждать? Ждать исхода пассивно. Я жалка и безпомощна, какъ женщина. Не могу я ничего сдѣлать и для Николая. Мнѣ надо быть приготовленной ко всему...

XIII

Подкралась весна; а мы все еще въ городѣ. Въ моемъ теперешнемъ настроеніи я ни о чемъ не могла хорошенько подумать. На дворѣ май, а дачи у насъ нѣтъ. Я даже не знаю, гдѣ и какъ проведемъ мы лѣто. Каюсь, это моя оплошность. Но теперь развѣ не все равно? Меня преслѣдуетъ увѣренность въ томъ, что не нынче-завтра должно что-то случиться.

Я было заговорила съ Николаемъ о дачѣ... Еще не поздно; можно было-бы найти гдѣ-нибудь не въ очень бойкихъ мѣстахъ. Онъ сказалъ, что ѣзда каждый день въ городъ для него несносна,

— По крайней мѣрѣ поѣхать хоть на море — въ Выборгъ или въ Либаву, попозднѣе въ іюлѣ. Можешь-ли ты получить отпускъ? спросила я его.

— Не знаю... не думаю...

Кобрина поселилась въ Павловскѣ и приглашала меня навѣстить ее. Я сейчасъ-же поѣхала. Мы съ ней не видѣлись около двухъ недѣль. Она еще не знала что было между мною и Николаемъ въ послѣдніе дни.

День выдался прелестный. Я поѣхала послѣ завтрака. Но дорогѣ все уже зеленѣло и такъ вольно дышалось. Я сидѣла въ отдѣленіи вагона одна. И такая заговорила во мнѣ потребность сбросить съ себя мое нестерпимое душевное состояніе! Сколько времени я не слыхала живого веселаго разговора, сколько времени не смѣялась. Поѣхала я, зная, что придется опять говорить о томъ-же, разбереживать свою рану...

Въ Царскомъ вошло ко мнѣ цѣлое общество: нарядныя молодыя женщины и двое военныхъ. Всѣ они разомъ болтали, смѣялись; видно было, какъ имъ радостно жилось въ ту минуту... Игривыя мины, влюбленные взгляды, молодой задорный, беззаботный смѣхъ — все это такъ и мелькало передо мной, такъ и искрилось. Переѣздъ прошелъ мгновенно.

Я предупредила Кобрину депешей и она встрѣтила меня на вокзалѣ очень нарядная, вся въ бантахъ и прошивкахъ; на огромной соломенной шляпѣ цѣлый цвѣтникъ; въ глазахъ игра женщины, не только довольной своимъ положеніемъ, но и живущей во всю... Мы это сейчасъ чувствуемъ.

"Навѣрно у ней начинается романъ", подумала я, пожимая ей руку.

Это былъ тотъ часъ, когда на площадкѣ въ кіоскѣ играетъ военный оркестръ музыки, часъ дѣтей, гувернантокъ и нянекъ. Вся площадка была весело освѣщена солнцемъ. Инструменты солдатъ ярко блестѣли. Играли такую-же веселую польку. Группы дѣтей пестрѣли тамъ и сямъ: розовый, красный, голубой, желтый цвѣта переливали на солнцѣ.

— Не правда-ли, какъ у насъ хорошо?— спросила Кобрина.— Хочешь ты остаться въ паркѣ или мы пойдемъ прямо ко мнѣ?

— Погуляемъ.

Когда мы перешли мостикъ и стали пересѣкать луговину по направленію ко дворцу, Кобрина, взглянувъ на меня, остановилась.

— Навѣрно есть что-нибудь новое... съ твоимъ мужемъ?

— Да, только не будемъ объ этомъ сейчасъ-же говорить.

— Разумѣется. Ты слишкомъ ушла сама въ роль несчастной жены. Стряхни съ себя это, милая! Que diable! Надо-же немножко и о себѣ подумать! Ты такая молодая, красивая, смотри на что ты похожа. Между нами говоря, на моихъ глазахъ ты постарѣла на нѣсколько лѣтъ. И совсѣмъ не занимаешься собою!— Она оглядѣла мой туалетъ.— Если-бъ кто-нибудь сейчасъ прошелъ и его спросить: кто изъ насъ просто свѣтская женщина и кто работникъ-спеціалистъ, женщина-врачъ въ русскомъ вкусѣ — прибавила она со смѣхомъ — ужъ конечно не меня примутъ за врача.

Мы спустились къ рѣчкѣ и тамъ присѣли на скамейку въ тѣни.

И тутъ опять меня охватило чувство приближенія чего-то роковаго.

— Я-бы и рада — скзала я Кобриной — уйти куда-нибудь... отдаться другимъ впечатлѣніямъ; но я безсильна, я боюсь...

— Что Николай Аркадьевичъ кончитъ серьезнымъ душевнымъ разстройствомъ?— спросила Кобрина уже тономъ психіатра.

— Что онъ произнесетъ самъ себѣ приговоръ.

— Въ какомъ смыслѣ? Съ собой покончить? Не надо его

допускать. Если у тебя есть факты, показывающіе, что онъ близокъ къ такому исходу, слѣдуетъ принять энергическія мѣры. Что-же ты не начинаешь дѣйствовать? Чего-же ты ждешь? Вѣдь съ такимъ больнымъ надо особые пріемы. Это не то, что острая болѣзнь, которая свалитъ тебѣ человѣка. Тутъ слѣдуетъ поступать осторожно, но энергично. Милая моя Дима! Я тебѣ ничего не навязываю, если ты недостаточно довѣряешь мнѣ. Желаешь, я обращусь къ хорошему консультанту по моей спеціальности? Боишься ты приготовить твоего мужа, поручи это мнѣ: я сумѣю обойтись съ нимъ, какъ слѣдуетъ... какъ указываетъ мнѣ долгъ врача и требованія науки — прибавила она опять тономъ парижской conférencière.

— Сказать тебѣ всю правду?

— Сдѣлай одолженіе.

— Я не считаю его настоящимъ душевно-больнымъ.

— Та-та-та! Это ужъ ты предоставь намъ. Настоящій — не настоящій, но онъ на прямой дорогѣ къ чему-нибудь весьма опредѣленному. Всего вѣроятнѣе сказала она, сдвинувъ немного свои слегка подведенныя брови — тутъ готовится просто-на-просто: пеже.

— Что это такое значитъ? Я не понимаю.

— Извини, это я по студенческой парижской привычкѣ. Мы такъ называемъ болѣзнь конечно тебѣ извѣстную. По-русски слѣдовало-бы сказать: пепе...

— Оставимъ мы эту игру словъ,— перебила я ее.

Мнѣ стало слишкомъ жутко.

— Не нервничай, моя милая Дима — успокоительно протянула Кобрина.— А то я тебя начну серьезно лѣчить. Что-же дѣлать, есть болѣзни; мы, врачи, ихъ не выдумываемъ. Въ нашей практикѣ эта болѣзнь теперь самая частая. Это — прогрессивный параличъ. По-французски она называется paralysie générale, вотъ почему и говорятъ: pégé.

— И у тебя есть основаніе думать, что Николай...

— Не утверждаю положительно; но это очень, очень вѣроятно. А если оно такъ, то врядъ-ли тебѣ нужно бояться за то, что онъ покончитъ съ собою самъ... За періодомъ подавленности можетъ явиться періодъ большого возбужденія и даже непремѣнно настанетъ, если у него дѣйствительно эта болѣзнь. Тогда онъ покажется тебѣ совершенно возрожденнымъ. Явится необычайная бойкость, пылъ... въ томъ числѣ и любовный пылъ...

Она остановилась на нѣсколько секундъ и продолжала:

— А можетъ быть такой періодъ возбужденія и покончился

55

уже... и вотъ въ этотъ-то періодъ и могла произойти ваша любовная исторія.

— Какъ?— спросила я и вся задрожала.— То, что рѣшило мою судьбу, что мнѣ открыло новую жизнь, было не что иное, какъ начало неизлѣчимой нервной болѣзни?

Я готова была разрыдаться, но сдѣлала надъ собой усиліе.

— Милая моя, я не утверждаю это; но это допустимо... Наука не шутитъ, у ней есть свои итоги; періодъ возбужденія долженъ быть въ исторіи этой болѣзни. Тогда, глядя по натурѣ и способностямъ, можетъ быть и любовная страсть, или по крайней мѣрѣ нѣчто похожее на нее, и разъѣзды, и проекты; а у людей съ талантомъ усиленная творческая работа... Это буки-азъ — ба... Chaque carabin sait èa! Но во всякомъ случаѣ надо принимать мѣры. Подобное несчастье можетъ всегда случиться... Такъ неужели изъ того, что твой мужъ дѣйствительно заболѣлъ прогрессивнымъ параличомъ, ты-то сама должна обрекать себя на двойную каторгу? Встряхнись!

— Но пойми — вскричала я,— что Николай для меня — все!

— А если-бъ онъ смертельно заболѣлъ и умеръ?— сказала Кобрина.— Одно изъ двухъ: или ты-бы умерла съ горя, или ты пережила-бы эту потерю... Et tu aurais pris ta part de vie... et de jouissances — прибавила она, вкусно выговаривая послѣднее слово.

Эта женщина не можетъ меня понимать; у ней слишкомъ много разсудительности и здороваго себялюбія. Она можетъ только мнѣ оказать содѣйствіе, какъ умный врачъ-спеціалистъ. Какъ показать ей силу и глубину моей безысходной бѣды?..

— Полно, Дима — начала Кобрина другимъ тономъ и лицо ея приняло опять то выраженіе, съ какимъ она меня встрѣтила на вокзалѣ.— Я имѣю право, и какъ пріятельница твоя, и какъ врачъ, запретить тебѣ такіе разговоры. Если ты согласна дѣйствовать, я къ твоимъ услугамъ, а пока поживемъ хоть немножко сами по себѣ... Ты пріѣхала подышать воздухомъ, погулять, видѣть вокругъ себя жизнь, веселыя лица... И знаешь, что я тебѣ скажу — она прищурилась — у меня здѣсь премилый сосѣдъ. Мы съ нимъ очень скоро подружились... Отгадай кто?

— Право не умѣю.

— Завацкій, тотъ самый Завацкій, про котораго ты мнѣ какъ-то говорила... защитникъ твоего мужа. C'est un homme très bien! протянула она, совсѣмъ какъ выговариваютъ это слово француженки.— Умница, понимаетъ жизнь, много видѣлъ... во всемъ такой вкусъ. Умѣетъ цѣнить въ женщинѣ все, что въ ней есть выдающагося.

"Такъ и есть — подумала я — у нихъ начинается любовная игра, а можетъ быть они уже и совсѣмъ близки".

— Онъ знаетъ, что ты пріѣдешь — продолжала такъ же оживленно Кобрина — и я, на всякій случай, сказала ему, что въ началѣ пятаго онъ можетъ насъ застать на фермѣ. Вѣдь ты обѣдаешь у меня?

— Нѣтъ, я должна вернуться.

— Полно, пошли депешу. Право, это лучше! Вы слишкомъ много вмѣстѣ... Наконецъ, если ужъ тебя такъ потянетъ домой, ты успѣешь. Идемъ.

На фермѣ мы не ждали Завацкаго больше десяти минутъ. Онъ явился немного запыхавшійся, такой розовый, свѣжій, сіяющій. По ихъ взглядамъ и тону сейчасъ-же можно было почувствовать уже большую интимность. И онъ и она отлично подходятъ другъ къ другу. Врядъ-ли они кончатъ бракомъ. Да имъ и не нужно: они слишкомъ дорожатъ свободой и умѣютъ брать изъ жизни все самое доступное. Завацкій держался со мной въ ея присутствіи какъ преданный другъ дома, съ такимъ оттѣнкомъ какъ будто я, какъ женщина — для него никогда не существовала. Это меня нисколько не задѣвало и даже не смѣшило. Все это чрезвычайно понятно: такой виверъ и любитель женщинъ не станетъ тратить своего ума и ловкости, разъ онъ увидѣлъ, что женщина, которая могла-бы ему нравиться — такъ поглощена своей нелѣпой любовью къ законному мужу.

— Такъ стало быть вы не перѣдете на дачу? спросилъ меня Завацкій.— И вашему мужу ничего — заставлять васъ оставаться въ городской духотѣ?

— Она будетъ къ намъ часто ѣздить, отвѣтила за меня Кобрина.

— И прекрасно! вскричалъ онъ. Мы въ васъ поднимемъ тонъ жизнерадостности, дорогая Авдотья Петровна. Зачѣмъ-же вамъ себя изводить?

— Je me tue à le lui démontrer! дурачливо выговорила Кобрина.

— Пускай супругъ — продолжалъ Завацкій въ томъ-же тонѣ — чувствуетъ почаще сладость одиночества. Самое лучшее средство: отнять у него возможность предаваться своему самоанализу вслухъ, дѣлать васъ подневольной наперсницей своихъ болѣзненныхъ изліяній.

Я ничего не возразила; но мнѣ очень скоро стало тяжко съ ними. Какъ-бы я на нихъ ни смотрѣла, но они все таки переживали минуты взаимнаго влеченія и я была тутъ лишняя.

Чѣмъ скорѣе я удалюсь, тѣмъ имъ будетъ привольнѣе. Они отправятся туда, гдѣ имъ никто не будетъ мѣшать, будутъ цѣловаться, тѣшить другъ друга своимъ умомъ, острыми шутками, взаимной лестью.

Вмѣсто облегченія я получила новый и неожиданный ударъ. Тоска душевнаго одиночества разлилась по мнѣ; а впереди — что-то неизбѣжное, точно зіяющая пропасть.

Черезъ нѣсколько минутъ я уже заторопилась и просила ихъ не провожать меня на желѣзную дорогу.

XIV

— Кто тамъ? испуганно окликнула я.

Это было въ моей спальнѣ. Я засидѣлась съ книгой. Сна у меня не было, я знала, что не засну раньше разсвѣта. Наступили бѣлыя ночи и онѣ еще сильнѣе поддерживали мою безсонницу. Вошелъ Николай, одѣтый, но въ туфляхъ, очень блѣдный. Выраженіе лица — небывалое: какое-то особое, спокойное, на губахъ тихая, жуткая улыбка, глаза вспыхиваютъ лихорадочно.

— Ты еще не спишь? спросила я. откладывая книгу на столикъ.

— Вѣдь и у тебя нѣтъ сна, сказалъ онъ такъ-же странно-спокойно, такъ странно было выраженіе его лица.— У меня — ты знаешь — убійственный слухъ; я слышалъ какъ ты перелистываешь листы.

Тутъ только я замѣтила, что у него въ лѣвой рукѣ книга въ переплетѣ, довольно старомъ, и еще тетрадь. Тотчасъ же узнала я въ этой тетради, переплетенной въ сафьянъ, съ замочкомъ, ненавистный мнѣ дневникъ.

— У насъ обоихъ нѣтъ сна, Дима, продолжалъ онъ все такъ-же спокойно и какъ-бы чуточку сладковатымъ тономъ.— Минута самая благопріятная.

— Для чего? порывисто спросила я.

— Вотъ ты сейчасъ узнаешь для чего. Зачѣмъ торопиться...

Онъ пододвинулъ низкое креслецо и сѣлъ въ него, въ позѣ человѣка, собирающагося что-то такое читать или разсказывать... Сафьянную тетрадь съ замочкомъ отложилъ онъ на тотъ столикъ, гдѣ стояла свѣча подъ абажуромъ.

А книгу взялъ и сначала положилъ на колѣни. Сидѣлъ онъ немного согнувшись, по въ позѣ не напряженной, покойной.

Въ комнатѣ бѣловатый свѣтъ съ приближеніемъ зари

дѣлалъ пламя свѣчи чуть замѣтнымъ. Мнѣ эта двойственность освѣщенія сдѣлалась какъ-то жуткой и я погасила свѣчу. Я не хотѣла малодушно настраивать себя и не могла воздержаться отъ внутренней дрожи. Голова моя — ясная, даже захолодѣлая — подсказывала мнѣ, что этотъ приходъ не спроста, что я услышу и увижу что-нибудь дѣйствительно роковое... и послѣднее. Есть такія минуты ясновидѣнія. Все, что произойдетъ — только подробности того, въ чемъ вы уже впередъ увѣрены.

— Дима — началъ онъ, приподнявъ слегка голову и глядя на меня въ бокъ — ты, сколько мнѣ извѣстно, философскихъ книжекъ не читала?

Вопросъ былъ странный, совершенно неумѣстный, его можно было счесть за выходку помѣшаннаго; но я не подозрѣвала въ немъ безумія.

Слишкомъ твердъ и разуменъ былъ самый звукъ этихъ, въ сущности незначительныхъ, словъ.

— Читала кое-что... Давно уже, еще дѣвушкой, когда мы въ выпускномъ классѣ увлекались именами англійскихъ писателей: Льюиса, Герберта Спенсера... Больше именами. Но кое-что я помню изъ "Физіологіи обыденной жизни", изъ статей Спенсера; мнѣ теперь припомнилось, что всего раньше по русски появился переводъ его статей изданія Тиблена... Кажется такъ?

Я сама чувствовала, что готова разговориться, начать припоминать что именно я знаю... затѣмъ только, чтобы что-то оттянуть, продлить, и въ то же время сознавала безполезность такой уловки.

— Тѣ англичане — отвѣтилъ мнѣ Николай, поведя правымъ плечомъ по своей привычкѣ — мало занимались душой... Это представители такъ называемаго здраваго смысла... увѣренные въ себѣ позитивисты. А другихъ старыхъ, очень старыхъ мудрецовъ ты конечно не читала?

— Не помню... врядъ-ли... кое-что осталось конечно въ памяти.... имена...

— Какія-же, напримѣръ?

Я засмѣялась и этотъ смѣхъ отдался у меня внутри, какъ что-то глубоко малодушное... Этотъ смѣхъ былъ похожъ на свистъ труса, который пробирается по темному переулку и дрожитъ какъ-бы кто на него не напалъ изъ-за угла.

— Ты меня экзаменуешь, Николя? выговорила я полушутливо.

— Экзаменъ не страшенъ, Дима. Я тебѣ самъ помогу. Конечно слыхала про древнихъ философовъ?..

— Разумѣется! Не такая-же я ничегонезнайка. Кому-же неизвѣстно, кто былъ... ну хоть Сократъ, Платонъ...

Николай схватилъ меня за руку и въ этомъ прикосновеніи его свѣжей, почти холодной, руки было что-то не передаваемое словами. Такія движенія бываютъ только въ самыя высшія минуты, переживаемыя человѣкомъ.

— Сократъ! Платонъ!— повторилъ Николай.— Какъ это хорошо, что ты сама вспомнила ихъ первыхъ... Во всемъ есть судьба,— какъ-бы про-себя сказалъ онъ.

И вслѣдъ затѣмъ онъ развернулъ книгу въ потертомъ переплетѣ большого формата.

— Вотъ видишь, Дима, этотъ томъ — русскій переводъ сочиненій какъ-разъ одного изъ этихъ двухъ мудрецовъ. Другой самъ ничего не писалъ при жизни...

— Сократъ?— спросила я.

— Ты и это знаешь! Его ученики записывали то, чему онъ училъ устно. Самый геніальный ученикъ его былъ Платонъ.

Мы никогда не говорили такъ съ Николаемъ и на подобныя темы. Прежде, когда мы сближались, было у насъ не мало разговоровъ о разныхъ вопросахъ женской жизни... нерѣдко о романахъ, о какой-нибудь умной критической статьѣ; почти всегда мы оба волновались, перебивали другъ друга или онъ произносилъ длинные, горячіе монологи. Теперь это было что-то совсѣмъ особенное... Я готова была поддерживать эту странную бесѣду до безконечности, только-бы отдалить неизбѣжную минуту...

— Припомни,— продолжалъ Николай,— за что и какъ умеръ Сократъ?

Я обрадовалась такому вопросу и, точно бывало въ гимназіи, духомъ отвѣтила ему:

— Его обвинили въ невѣріи и осудили на смерть; онъ долженъ былъ выпить ядъ... цикуту,— прибавила я, обрадовавшись и тому, что вспомнила, что именно выпилъ Сократъ.

— Совершенно вѣрно; и вотъ у Платона есть чудесная защита своего великаго учителя... Она такъ и называется "Апологія Сократа". Я ее перечитываю каждый день... въ послѣднее время,— прибавилъ онъ,— я прошу тебя прочесть ее хоть одинъ разъ, но такъ, какъ читаютъ предсмертное слово самаго дорогого человѣка.

"Начинается!" совсѣмъ заходолѣвъ, вскричала я мысленно.

А лицо Николая, совсѣмъ поднявшаго голову, было не

только спокойно, но какъ-то торжественно; что-то въ родѣ умиленія виднѣлось въ его глазахъ. Это выраженіе можно было опять-таки признать за безуміе; но меня страшило не безуміе, а что-то другое. Да и никогда онъ такъ тихо, задушевно не говорилъ; никогда не слышалось такого глубокаго убѣжденія въ каждомъ его звукѣ.

— Платонъ,— продолжалъ онъ,— и другіе ученики Сократа окружали его ложе въ день исполненія приговора... И тутъ я тебѣ долженъ разъяснить одну подробность. Сократъ просидѣлъ цѣлый мѣсяцъ въ тюрьмѣ; а обыкновенно казнь происходила тотчасъ послѣ приговора или въ очень скоромъ времени. Тутъ-же вышло такое обстоятельство: каждый годъ Аѳины посылали корабль съ дарами оракулу въ Делосѣ, и обычай не позволялъ никого предавать смерти до тѣхъ поръ, пока галера не вернется оттуда. Сократъ и долженъ былъ въ тюрьмѣ ждать ея возвращенія. Лишнія муки — скажешь ты. А этотъ искусъ — самый свѣтлый, самый великій моментъ его жизни. Онъ готовилъ себя къ смерти безстрашно, ея приближеніе дало только поводъ ученикамъ понять все величіе его души. Они молили его не разъ бѣжать; хотѣли доставить за него выкупъ... Онъ не соглашался. И вотъ, когда уже смерть холодила его члены: что онъ сказалъ имъ между прочимъ...

Николай отыскалъ страницу. Въ комнатѣ было уже настолько свѣтло, что онъ могъ безъ труда прочесть:

— "...время намъ разстаться: я долженъ идти на смерть, вы останетесь наслаждаться жизнью. Кому изъ насъ достался лучшій удѣлъ — это тайна для всѣхъ насъ; оно извѣстно одному Богу".

Онъ медленно закрылъ книгу и сидѣлъ съ наклоненнымъ впередъ туловищемъ, глядя на меня пристально, но не сурово, а кротко, и опять съ оттѣнкомъ какого-то жуткаго умиленія.

Тутъ я уже не могла овладѣть собою.

— Николя! Что ты хочешь сказать всѣмъ этимъ? Вѣдь ты не спроста пришелъ съ этой книгой... и вонъ съ той тетрадью. Я знаю, что въ ней...

— Въ ней записано все то, что тебѣ слѣдуетъ знать, Дима,— отвѣтилъ онъ торжественнымъ тономъ.— Этотъ разговоръ — послѣдній.

— Какъ послѣдній?— закричала я.— Ты хочешь...

— Я хочу примириться съ собою. Вотъ чего я хочу.

— Но чѣмъ, чѣмъ? Договори!..

— Всякое злодѣйское дѣло должно быть искуплено.

Онъ сдѣлалъ жестъ правой рукой, какъ-бы предупреждая меня.

— Дай мнѣ докончить. Ты прекрасно понимаешь, о чемъ я говорю. Искупленія другого нѣтъ, какъ добровольный выходъ... изъ жизни.

Эти два слова сковали меня. Я что-то хотѣла вымолвить и не могла. Въ глазахъ стало мутиться.

— Я не хочу,— продолжалъ Николай горячѣе и держа меня сильно за руку,— я не хочу довольствоваться раскаяніемъ на словахъ... Вѣдь и меня почти-что оправдали... Что такое просидѣть нѣсколько мѣсяцевъ въ одной комнатѣ? Но это сидѣнье и помогло мнѣ понять все, дойти до искупляющаго приговора надъ самимъ собою...

Онъ отнялъ руку, взялъ тетрадь и подалъ ее мнѣ.

— Храни это у себя. Тутъ есть и ключикъ. Я прошу тебя только не отпирать этой тетради до тѣхъ поръ...

Онъ усмѣхнулся и добавилъ:

— Пока не вернется галера.

Чуть живая отъ ужаса, я опустилась на колѣни и упала головой на ручку его кресла. Мои руки судорожпо старались схватить его. И мнѣ слышались его слова: тихія, трепетныя, проникавшія въ меня, какъ что-то уже не здѣшнее:

— Полно, Дима! Неужели жизнь сама по себѣ такъ драгоцѣнна? Вѣдь это жалкое заблужденіе. И развѣ ты можешь сдѣлать ее для меня другого? Ни ты, и никто на свѣтѣ!— повторилъ онъ.— Я тебя не заставляю искать того-же исхода. Но вдумайся, когда ты прочтешь вонъ ту тетрадь... Уйди въ свою совѣсть женщины... Быть можетъ, я и не правъ, быть можетъ между нами и вами и нѣтъ такой пропасти... Тѣмъ лучше. Тогда ты будешь знать: что тебѣ съ собою дѣлать.

Что онъ мнѣ дальше говорилъ, я не слыхала. Я лишилась чувствъ.

XV

Я исполнила все, что онъ требовалъ. Ему не было дѣла до моихъ мукъ. Въ нѣсколькихъ шагахъ отъ меня происходила казнь надъ самимъ собою человѣка, взявшаго всю мою душу; а я безсильно, въ смертельной тоскѣ и ужасѣ, ждала, когда онъ покончитъ съ собою.

Николай сказалъ мнѣ:

— Стучаться ко мнѣ безполезно. Я не отопру.

Долго-ли онъ страдалъ, я не знаю. Кажется, ядъ подѣйствовалъ почти мгновенно. Онъ не хотѣлъ даже проститься со много еще разъ. И опять, какъ истинный маньякъ, со своимъ Сократомъ! Тотъ, видите-ли, попросилъ увести отъ него жену, чтобы она криками и ревомъ не нарушала красоты и величія его разставанія съ жизнью.

Боже! Какъ они рисуются! Сколько въ нихъ жестокости и бездушія!

Да, я все выполнила. Что мнѣ стоило ждать той минуты, когда, по его росписанію, я могла войти въ кабинетъ — этого не перескажешь!..

Меня замертво отнесли опять въ спальню. Но я нашла силъ — всѣмъ заняться. Полиція, прокуроръ, гробовщики, панихиды. Господи! Какая ненужная агонія! Лучше самой умереть.

И что-жъ! Я не лгу, не храбрюсь заднимъ числомъ. Когда гробъ вынесли и я рухнулась на полъ и пришла въ себя только послѣ часового обморока, я не хотѣла жить. Если-бы у меня хватило тогда силъ дотащиться до кабинета — я-бы перерыла всѣ ящики, чтобы найти ту склянку, откуда онъ выпилъ свою смерть.

Я была охвачена отвращеніемъ къ жизни и осталась жить до тѣхъ поръ, пока не прочту, по его-же приказанію, ту тетрадь въ сафьянномъ переплетѣ, куда онъ вносилъ исторію нашего брака.

Да, Николай былъ маньякъ. Это для меня неопровержимо-ясно. Мнѣ нѣтъ надобности отдавать его дневникъ Кобриной — я и безъ нея вижу это и знаю.

Но его манія — не простое безуміе. Все въ исповѣди Николая показываетъ, какъ онъ низко ставилъ мою любовь, какъ тяготился, съ первыхъ дней нашей связи, тѣмъ, что для меня вобрало въ себя всю красу и весь смыслъ жизни...

И они смѣютъ — эти маньяки своего мужского высокомѣрія и жалкаго резонерства — считать насъ низшими существами, обличать насъ въ томъ, что у насъ своя женская, низменная совѣсть!

Лучше быть совсѣмъ безъ совѣсти, чѣмъ не знать страсти, не знать ея восторговъ, не знать единой радости жизни, единой и все искупляющей.

Слѣпые, жалкіе маньяки! Вы никогда не поймете этого.

ПРЕЗРЕННЫЙ

(Записки мужа)

I

...А, все таки, я завтра пойду къ Мари!... Что жь, я держался пока могъ: не поступать же мнѣ въ шайку карманниковъ?... Порчу я себѣ желудокъ на пирожкахъ русской пекарни Невскаго... Порядочнаго куска мяса: не то что ужь "шатобріанъ", хоть простой бифстексъ въ семь гривенъ — я не ѣлъ больше двухъ недѣль.

Но, кромѣ того, меня тянетъ къ ней, я этого не буду скрывать отъ самого себя. Мнѣ кажется, я совсѣмъ не изъ тѣхъ, кто хитритъ съ собственною такъ называемою совѣстью.

Совѣсть!...

Стихи Пушкина изъ Скупаго рыцаря я знаю и не хуже другаго съумѣю ихъ прочесть наизусть. Я люблю заглядывать въ себя; не глупѣе всякаго другаго, разберу я и то, какія побужденія благородныя, какія пошлыя и даже очень грязныя...

Въ этомъ есть своего рода утѣха, да и успокоеніе. Пружинки дѣйствуютъ внутри тебя и онѣ сильнѣе всякихъ выводовъ головы. Какъ ты ни вертись, пружинка возьметъ свое и заставитъ тебя поступить такъ, какъ ей самой приказано.

Мы всѣ вродѣ замковъ съ секретомъ. Такой замокъ вы не отопрете сразу, только испортите. А когда вамъ покажутъ секретъ, вы увидите, что и секретный механизмъ основанъ все на тѣхъ же законахъ. Пружинка и въ немъ дѣйствуетъ, какъ ей велѣно.

Такъ точно и во мнѣ. Презирай я себя, или не презирай — ничего отъ этого не измѣнится; пойдетъ все такъ, какъ въ замкѣ съ секретомъ или безъ секрета.

И полгода тому назадъ была та же борьба...

Ходить или не ходить? Не просто ли дать ей видъ на жительство, на неопредѣленный срокъ, родъ вѣчнаго паспорта, равняющагося фактическому разводу? Я не хотѣлъ идти ни за что...

И пошелъ...

Почему пошелъ?... Изъ одного ли желанія сорвать что-нибудь съ моей жены?... Я нуждался почти такъ же, какъ теперь,— можетъ, немного поменьше,— но, все-таки, нуждался

64

и не то, чтобы бѣгалъ работы, а былъ скорѣе неудаченъ... Все это, въ концѣ-концовъ, вызвало мой, ну... шантажъ!... Что же?... Я не испугаюсь и такого слова! Человѣкъ доведенъ до полусмерти голодомъ, идетъ мимо саечника, хватаетъ булку и прячетъ ее... Только искаріоты могутъ называть его воромъ... Примѣръ избитъ; такъ, вѣдь, и голодъ не менѣе общее мѣсто.

Я могъ бы прямо сказать себѣ тогда: вотъ все то, что я здѣсь записалъ. Но тогда было и другое еще побужденіе — видѣть Мари, быть у нея, посмотрѣть, какъ она живетъ...

Зачѣмъ? Чтобы дразнить ее, мучить, издѣваться или произвести скандалъ, пристращать? Оно было бы гораздо умнѣе, ближе къ цѣли — хорошенько настращать, чтобы отступное было крупнѣе... Однако, я этого не дѣлалъ, и не потому, что не могъ,— напротивъ, въ тотъ мой приходъ было бы весьма удобно.

Глупо было деликатничать, но я такъ не сдѣлалъ, даже не подумалъ ни разу, когда очутился противъ нея: "вотъ хорошо было бы сорвать на этотъ разъ не ничтожный кушикъ на пропитаніе, а солидную сумму".

Такъ, вѣроятно, будетъ и завтра, и каждый разъ, пока отъ меня окончательно не откупятся, или, лучше, пока я не откуплюсь.

Сдѣлаю ли я это когда-нибудь?— Не думаю.

Завтра ровно два мѣсяца, какъ я не платилъ за комнату...

Хозяйка не безпокоитъ; но мнѣ самому немножко совѣстно, когда она заходитъ ко мнѣ и болтаетъ про свои дѣла и постояльцевъ.

Она довольно часто заходитъ и третьяго дня спросила даже:

— Вамъ, можетъ быть, трудно заплатить, Модестъ Ивановичъ? Такъ вы не стѣсняйтесь!

И при этомъ усмѣхнулась на особый ладъ. Ея круглое, немного чухонское лицо съ маленькимъ носикомъ и толстоватыми губами все засвѣтится отъ блеска карихъ глазъ. Она, если хотите, не дурна, пріятныхъ формъ и франтиха... Я думаю, что ея нравы весьма не суровые... Каждую субботу ѣздитъ она въ циркъ и частенько въ маскарадъ то въ "коптилку", то въ нѣмецкій клубъ. Возвращается поздно; можетъ, и совсѣмъ не ночуетъ: я просыпаюсь не раньше десяти; но когда тушу свѣчку, случается часа въ три, ея звонка еще нѣтъ.

Мнѣ, конечно, какое же дѣло до нравовъ моей квартирной съемщицы, только я сталъ замѣчать, что она за мной ухаживаетъ, и когда она подмигиваетъ мнѣ, ея каріе глаза точно хотятъ сказать:

"Да что же это вы Іосифа Прекраснаго изъ себя представляете? Вѣдь, я не дурна и вамъ бы лучше было. Тогда и за квартиру платить бы не нужно, да и столъ даровой!"

Почему же ей такъ и не думать? Да и мнѣ смѣшно было бы обижаться.

Что я такое въ ея глазахъ? Постоялецъ изъ господъ, съ французскимъ языкомъ и съ хорошими манерами, но безъ всякаго положенія. На службѣ не состою, ничего не дѣлаю, деревни нѣтъ, даже крупныхъ кредиторовъ — и тѣхъ нѣтъ!

Оба мои сосѣда, Леонидовъ и Гурьинъ, сейчасъ же бы поступили къ ней на полный пансіонъ, но Мароа Львовна имъ платка своего не бросаетъ. Правда, оба они старше меня... Леонидовъ немногимъ и старше-то. И у него французскій языкъ и какая-то ученая степень... А Гурьинъ даже въ attachés былъ за границей, лѣтъ двадцать тому назадъ.

Такіе же, какъ и я, неудачники хорошаго рода и барскаго воспитанія.

Есть, однако, разница.

И Леонидовъ, и Гурьинъ — по своей ли, по чужой ли винѣ — доведены до того, что они ни передъ какою такъ называемою "гадостью" не остановятся. Я въ этомъ увѣренъ. Чѣмъ оба живутъ — и для меня тайна, но не иначе, какъ темными дѣлами. Самое чистое занятіе (я сильно ихъ въ томъ подозрѣваю), это лжесвидѣтельство по бракоразводнымъ дѣламъ. Леонидовъ что-то слишкомъ хорошо знакомъ съ этою частью и, развѣдавъ, что я съ женой не живу, даже косвенно предлагалъ мнѣ свои услуги. Что-то такое говорилъ про "un avocat sûr et qui ferait volontier crédit!"{Вѣрный человѣкъ, и можетъ оказать кредитъ.}. Гурьинъ если не въ настоящей шайкѣ поддѣлывателей чужихъ подписей, то состоитъ чѣмъ-нибудь вроде счетчика въ игорномъ домѣ низшаго сорта. И онъ предлагалъ мнѣ попытать счастья. Словомъ, оба — темные, совсѣмъ свихнувшіеся люди. У меня и тотъ, и другой по мелочамъ выклянчили до трехъ рублей каждый, и съ тѣхъ поръ избегаютъ встрѣчъ въ корридорѣ; ко мнѣ въ номеръ и совсѣмъ не заходятъ.

Но начните вы разговоръ съ каждымъ изъ нихъ о чести, о добромъ имени, объ убѣжденіяхъ...

Ни тотъ, ни другей не захочетъ говорить на чистоту, какъ умные люди, у которыхъ, въ силу ихъ житейскаго опыта, нѣтъ, да и не можетъ быть, никакихъ иллюзій. Вѣдь, не могутъ же они не видѣть, что такой ихъ сожитель по корридору дѣвицы Фелицатовой, какъ я, прекрасно ихъ понимаетъ.

Такъ нѣтъ! Они все сваливаютъ на людей, на судьбу, на неблагодарность, а, главное, на то, что ихъ не хотѣли оцѣнить, что они пострадали изъ-за благородства своихъ "правилъ" и "взглядовъ". Просто насилу себя сдерживаешь, чтобы не прыснуть имъ въ лицо и не крикнуть:

— Mais finissez donc, farceur! {Да полноте, шутникъ!}.

И такими они останутся до самой смерти и на скамьѣ подсудимыхъ будутъ держать себя точно такъ же, и въ ссылкѣ, и даже въ каторжномъ острогѣ. Каждый изъ нихъ по природѣ гораздо умнѣе такого поведенія. Но оно у нихъ въ крови, наслѣдственное. Только зачѣмъ имъ такая маска?... Неужели это ихъ утѣшаетъ или поддерживаетъ?

"Voilà le hic!" {Въ томъ-то и запинка!}— любилъ я восклицать въ тѣ дни, когда у меня было абонированное кресло въ оперѣ.

А теперь я скажу, какъ прилично такому "филозофу", какъ я: трудно вспрыгнуть выше собственныхъ плечъ. Трудно, однако, возможно.

И первый примѣръ — я самъ.

Мы съ Леонидовымъ и Гурьинымъ "du même bord" {Одного сорта.}, какъ одинъ изъ нихъ выразился, когда выпросилъ первую желтенькую бумажку. Это правда. И тотъ, и другой родились и воспитались въ томъ же кругу, что и я. Но у меня, какъ только иллюзіи слетѣли съ глазъ, ужъ и не осталось никакого желанія повторять разный благородный вздоръ, морочить себя и другихъ.

Мнѣ нисколько не страшны слова: подлогъ, шантажъ, поступить на содержаніе, вымогать и разныя другія... Не могу я и обижаться, если меня сочтутъ способнымъ на все это. Да и прежде, когда я жилъ вполнѣ порядочнымъ человѣкомъ, и тогда я не пугался ничего такого. Помню, кто-то пустилъ слухъ, что я именно пользовался отъ одной старухи. Это была неправда, но я не возмущался и даже не старался показывать видъ, что обиженъ. То же было бы, если бы стали говорить, что я ворую платки изъ кармановъ.

А ужъ съ тѣхъ поръ, какъ я квартирантъ дѣвицы Фелицатовой, такъ и говорить нечего...

Каждый разъ, какъ Леонидовъ или Гурьинъ начинали выгораживать свое достоинство фразой: "Вы, какъ джентльменъ, поймете меня",— мнѣ хотѣлось перебить:

— Да кто же вамъ сказалъ, что я джентльменъ? Я такой же проходимецъ, какъ и вы.

Если я этого не говорилъ, мнѣ какъ будто жаль дѣлалось разрушать самообманъ этихъ господъ. Они, стало быть, въ наивномъ убѣжденіи, что я ихъ считаю вполнѣ безупречными.

Но кто въ накладѣ: они или я? Врядъ ли они. Это ихъ мундиръ и имъ въ немъ удобно. Мнѣ тоже удобно въ моемъ внутреннемъ неглиже; однако, до сихъ поръ я еще не показывалъ его первому попавшемуся.

Можетъ быть, мнѣ надо напасть на человѣка, способнаго сразу понять меня. Вѣроятно, это меня и удерживало: и съ моими сосѣдями по комнатамъ, да и съ другими...

И, прежде всего, съ Мари,— съ Мари, которая не только считаетъ меня "un misérable", но имѣетъ въ собственныхъ глазахъ всѣ права глядѣть на меня, какъ на шантажиста.

Завтра первый вопросъ, который она мнѣ сдѣлаетъ своимъ слабенькимъ, надтреснутымъ голоскомъ:

— Вамъ угодно опять воспользоваться вашими правами?

Сѣрые, немножко воспаленные ея глаза уставятся на меня и я въ нихъ прочту:

"Lâche, lâche!" {Подлый, подлый!}.

II

Мнѣ отворилъ не мальчикъ въ курткѣ, какъ въ послѣдній разъ, когда я былъ у Мари, а горничная. Кажется, она у ней давно живетъ.

Я нарочно пришелъ рано. Мари слѣдовало непремѣнно быть дома.

Вѣроятно, горничная уже знала меня въ лицо. Я замѣтилъ, что она, какъ будто, немного смутилась.

— Барыня дома,— сказалъ я ей рѣшительно и самъ притянулъ къ себѣ половинку двери, которую она придерживала.

— Онѣ еще не одѣты...

— Ничего, я подожду. Отдайте вотъ карточку.

И сталъ снимать пальто. Она поглядѣла на пальто: оно безъ мѣховаго воротника, но довольно еще прилично на видъ. Мой модный когда-то сьютъ изъ синяго шевіота сильно побѣлѣлъ по швамъ. Но общее впечатлѣніе все еще, кажется, не такое, чтобы прислуга думала:

"Вотъ на бѣдность пришелъ просить".

— Извольте подождать въ гостиной.

Въ этомъ "извольте" было трудно-уловимое нѣчто: безпокойство, даже страхъ и брезгливость.

Навѣрное, она знала, кто я, даже если и не смотрѣла на карточку. Мари носитъ, вѣдь, мое имя, довольно-таки хорошо звучащее для не титулованной фамиліи.

Гостиная всегда приводитъ меня въ нервность. Въ квартирѣ этой я не жилъ съ Мари; но мебель та же, которую мы выбирали когда-то на ея приданыя деньги. Особенно памятна мнѣ покупка одного диванчика... Модель мы увидали сначала въ магазинѣ "A la ville de Lyon", а потомъ мы заказали у Petit, на Владимірской. На этомъ диванчикѣ проведенъ и медовый мѣсяцъ... подъ тою же лампой, обыкновенно послѣ обѣда, за кофе... И на стѣнахъ все тѣ же bibelots. Квартира у Мари темновата и въ гостиной всегда унылый сумракъ. Но на этотъ разъ я въ ней нашелъ что-то новое: не одна гостиная, и передняя, да и горничная точно позапылились.

У меня есть на это чутье... По тому, какъ сидѣлъ на лампѣ абажуръ,— все тотъ же абажуръ, купленный у Кумберга, въ Морской, — можно было понять, что хозяйка сдѣлалась равнодушна къ своему комфорту... Не видно заботы. Не то настроеніе

А откуда могло это идти, какъ не отъ ея отношеній къ любовнику?

Меня не заставили ждать, какъ въ послѣднее мое посѣщеніе — чуть ли не цѣлый часъ, и не высылали сначала парламентера въ видѣ какой-то не то пріятельницы, не то подставной "Tante" изъ тѣхъ, съ какими нѣкоторыя дамы ѣздятъ въ ложи Михайловскаго театра.

Горничная появилась сейчасъ же опять и поспѣшно такъ проговорила:

— Марья Арсеньевна сейчасъ будутъ.

И даже предложила мнѣ покурить,— подставила папиросы.

Я поглядѣлъ на вазочку съ папиросами и на пепельницу. Пеплу не видно; да и папиросы, кажется, позапылились. Стало быть, мужчины тутъ давно не было, по меньшей мѣрѣ дней пять, пожалуй, и всю недѣлю.

"Tiens, tiens!" {Вотъ оно что!} — подумалъ я и не безъ удовольствія закурилъ.

Мнѣ стало легко. Я имѣлъ поводъ предположить, что объясненіе будетъ для меня... какъ бы это сказать?... ну, выгоднѣе, что ли!

Но кромѣ того мнѣ, значитъ, не нужно будетъ говорить

никакихъ подлыхъ словъ, разстроивать Мари,— ничего жесткаго къ ней я не чувствовалъ.

Эта моя незлобивость всегда меня удивляла. Малодушіе она, крайняя развинченность характера или другое что?... Кажется, какія же добрыя чувства имѣть къ этой блондиночкѣ съ тоненькимъ голоскомъ и воспаленными глазками, если она меня такъ возненавидѣла, что собралась отравлять? Вѣдь, я это не выдумалъ!... Положимъ, Мари сначала стала меня "презирать", а потомъ уже ненавидѣть. Но мнѣ отъ того не легче было.

Выкурилъ я всего одну папиросу. Въ портьерѣ двери виднѣлся мнѣ письменный столъ ея кабинетика, за которымъ спальная. Съ моего мѣста я могъ различить, какія вещи лежатъ и стоятъ на столѣ. Что-то я не узнавалъ большаго фотографическаго портрета съ плотною мужскою фигурой въ плюшевой желтоватой рамѣ.

Это былъ портретъ его: "de l'autre", повелителя... того, что вмѣщалъ для Марьи Арсеньевны высшую мѣру мужскихъ совершенствъ, а, главное, благородство души, передъ которымъ моя гнусность выставлялась во всей наготѣ.

Тихонько отворилась дверь изъ спальной. Я бросилъ окурокъ папиросы. Всегда у меня сожмется при этомъ сердце. Порядочная гадость!... Чего же мнѣ-то стѣсняться, когда я прихожу къ моей женѣ? У ней нѣтъ никакихъ фактическихъ поводовъ добиться со мною развода, а она сама находится въ явномъ нарушеніи супружескаго долга. И еслибъ я хотѣлъ воспользоваться совѣтами сосѣда моего, Леонидова, я бы еще разъ накрылъ ее съ тѣмъ красавцемъ, что глядѣлъ на нее изъ желтой плюшевой рамки, какъ и годъ назадъ.

Пеньюаръ тотъ же — нѣжно абрикосовый — зашелестилъ. Признаюсь, я отъ какого-то нелѣпаго волненія на секунду зажмурилъ глаза и всталъ.

Могъ бы я не двигаться, а продолжать сидѣть на диванѣ.

— Здравствуйте, Модестъ Ивановичъ!

Голосъ ея я даже не сразу узналъ. Онъ показался мнѣ гуще, ниже тономъ. Что-то въ немъ дрогнуло, и я бы, по этому голосу, далъ ей не двадцать пять лѣтъ, а тридцать.

И потомъ то, что она назвала меня "Модестомъ Ивановичемъ"... Въ этомъ имени и отчествѣ,— произнеси она его въ тѣ разы, когда я приходилъ,— непремѣнно слышалась бы язва.

На этотъ разъ — нѣтъ.

Я раскрылъ глаза. Мари стояла очень близко ко мнѣ, чего прежде тоже не бывало.

— Сядьте,— сказала она все тѣмъ же тономъ.

Она помѣстилась около меня на диванчикѣ.

Я быстро оглядѣлъ ее съ ногъ до головы, особенно отчетливо голову и лицо.

Сильно измѣнилась, сильно!... Подъ глазами круги, глаза стали еще воспаленнѣе; щеки вдавлены, носъ, все еще очень хорошенькій, заострился. Причесана небрежно, да и во всемъ туалетѣ нѣтъ прежняго "fini",— однимъ словомъ, если не опустилась, то находится въ душевномъ разстройствѣ.

Это вызвало во мнѣ желаніе предложить ей... освободиться отъ меня окончательно... Почему?... Не знаю... Можетъ быть, жалость разобрала. Во всякомъ случаѣ, что-то нелѣпое, ни съ чѣмъ несообразное...

— Давно вы не были,— сказала Мари, видя, что я молчу.

И въ этихъ словахъ не было никакой язвы, а какъ будто что-то и задушевное, для свѣжаго человѣка.

Мнѣ оно показалось чѣмъ-то вымученнымъ. За нее стало противно: вѣдь, она должна притворяться, строить фразы, когда она, еслибъ набралась смѣлости, могла приказать горничной: послать за старшимъ дворникомъ и "спустить" меня съ парадной лѣстницы.

— Вотъ что, Марья Арсеньевна,— вдругъ началъ я и сталъ говорить тономъ адвоката, предлагающаго сдѣлку.— Вы меня давно не видали — это такъ. Я былъ у васъ въ первыхъ числахъ сентября, а теперь февраль, въ исходѣ,— около полугода. Но мнѣ не хочется безпокоить васъ моими появленіями... такъ сказать, періодическими... То, что вы мнѣ полтора года тому назадъ предлагали, я, пожалуй, готовъ на это пойти...

— Что же это?— почти съ испугомъ спросила Мари.

— Меня удивляетъ вашъ вопросъ... Освободиться отъ меня — разъ навсегда.

— Освободиться?...

Это слово замерло у нея на губахъ. Ни малѣйшей радости неслышно было. "Быть можетъ, отъ неожиданности",— подумалъ я тотчасъ же. Да и для меня самого такое предложеніе было совершенно неожиданнымъ. Когда я шелъ на Захарьевскую, я былъ за тысячу верстъ отъ развода съ Мари. Даже предлагай она мнѣ его заново и за большой кушъ, я бы не согласился. Но она только разъ мнѣ закинула объ "отступномъ". Тогда она, вѣроятно, надѣялась побудить и его къ разводу. Онъ, однако, на это не пошелъ и отступнаго мнѣ уже съ тѣхъ поръ не предлагали.

Все это у меня перебывало въ головѣ, пока она собиралась дальше говорить послѣ своего восклицанія.

— Да, освободиться, — повторилъ я очень развязно. Адвокатскій тонъ не покидалъ меня,— напротивъ, дѣлался все отчетливѣе и значительнѣе.

— Какъ же вы пришли къ этому?

Фразу сказала она по-французски.

И я нашелъ умѣстнымъ продолжать по-французски же.

— Что же васъ это удивляетъ? Къ чему затягивать такія печальныя отношенія? Мы не сойдемся болѣе. Вы желаете свободы и независимости. Вмѣсто того, чтобъ откупаться отъ меня частями, сдѣлайте это разомъ.

Я такъ все это и сказалъ, съ необыкновеннымъ апломбомъ и безъ всякой ироніи въ голосѣ.

Но Мари приняла это за иронію. И что же она мнѣ сказала?

— Оставимте... зачѣмъ растравлять эти раны?... Вы въ такомъ положеніи...

Я ее перебилъ:

— Какія раны?— спросилъ я спокойно, что твой повѣренный по бракоразводному дѣлу.— Я вамъ предлагаю разводъ, но, разумѣется, я не могу ни брать расходовъ на себя, ни уступать моихъ правъ... безъ нѣкотораго вознагражденія...

Такъ и выговорилъ: "sans un certain dédommagement pécuniaire".

Фраза хоть и въ парижскомъ "Palais de justice" не была бы лучше отточена защитникомъ гражданскаго истца.

Мари широко раскрыла глаза, немного отодвинулась отъ меня и покраснѣла,— густо покраснѣла, что у ней бывало рѣдко, даже въ самыхъ сильныхъ схваткахъ со мной.

— Un dédommagement pécuniaire?— выговорила она, вдыхая воздухъ въ себя.

— Oui, madame!

Я, съ такою же увѣренностью въ себѣ, всталъ и прошелся по другую сторону стола.

Она довольно долго молчала.

— Но... я этого не добиваюсь,— наконецъ, отвѣтила она.

— А мнѣ это выгодно,— возразилъ я.— Да и разберемте немного наше взаимное положеніе.

Я и разобралъ его. Оно не изъ красивыхъ. Ей извѣстно, что я изъ-за нея попалъ въ такіе мужья, въ какихъ я теперь числюсь.

— Согласитесь,— сказалъ я ей, и все тѣмъ же тономъ защитника гражданскаго истца,— согласитесь: мое положеніе представляетъ собою нѣчто двойственное и нелѣпое. Но не во мнѣ одномъ дѣло. Я беру васъ, и вами только займусь въ настоящую минуту.

— Зачѣмъ вамъ безпокоиться обо мнѣ?— выговорила Мари, точно про себя.

— Я дѣлаю это потому, что мнѣ невозможно отдѣлить свои интересы отъ вашихъ до тѣхъ поръ, пока вы носите мое имя....

— Ваше имя!...

Этотъ очень тихій возгласъ, почти вздохъ, могъ бы выйти, и, навѣрное, вышелъ бы въ другое время, съ большою язвой; но Мари произнесла его грустно,— такъ мнѣ показалось, по крайней мѣрѣ.

— Да вы его носите же!... Оно стоитъ вонъ на досчечкѣ вашей двери! Кто же вы теперь? И не замужняя, и не разведенная, а только разводка.

Я продолжалъ говорить по-французски и такъ и сказалъ: "une разводка".

— Je le sais {Я знаю.},— подтвердила со вздохомъ Мари.

— Ваше положеніе надо же оформить. Замужъ за того, съ кѣмъ вы сошлись, вы не можете, даже еслибъ онъ, съ своей стороны, тоже сдѣлался свободнымъ.

Тутъ я искоса взглянулъ на Мари. Она опустила низко голову и сидѣла ко мнѣ въ полъоборота. Но послѣднія мои слова точно кольнули ее иголкой. По щекѣ проползла нервная струйка.

Значитъ, онъ наотрѣзъ и давно уже отказался отъ развода.

— Но, что бы тамъ ни случилось,— продолжалъ я, — сдѣлается ли тотъ, съ кѣмъ вы сошлись, свободнымъ, или нѣтъ, вашъ прямой интересъ — освободить самоё себя. Прежде, не больше какъ года полтора, вы сами такъ разсуждали, и не только сами мнѣ это заявили, но присылали даже ко мнѣ разъ адвоката.

— Отчего же вы... отказались... тогда?— спросила она и повела на меня свои глаза, воспаленные, но всегда меня задѣвающіе своимъ полудѣтскимъ, полутаинственнымъ выраженіемъ.

— Отчего?...

Я долженъ былъ вслухъ дать отвѣтъ на вопросъ, который я и для себя еще не выяснилъ. Рѣшеніе предложить ей разводъ явилось у меня вдругъ, въ одно мгновеніе, и желаніе сразу получить за это кушъ мелькнуло только какъ предлогъ, который отъ такого человѣка, какъ я, показался бы Мари весьма и весьма допустимымъ.

Глаза ея продолжали быть уставленными на мое лицо. Я невольно потупился. Это очень пошло къ моей роли. Во взглядѣ ея я успѣлъ прочесть не одно только гадливое чувство ко мнѣ, но, какъ будто, и жалость, и недовольство тѣмъ, что я себя такъ выставляю на-показъ, безъ всякой покрышки, безъ фиговаго листа.

Мари ждала отвѣта.

— Очень просто,— заговорилъ я съ еще большею развязностью.— Тогда во мнѣ самомъ многое не улеглось... Я, вѣдь, тоже человѣкъ, мужчина... Разстаться сразу со своимъ... достоинствомъ, согласитесь, не легко... даже и для людей болѣе испорченныхъ, чѣмъ я... Но полтора года взяли свое... Ходить къ вамъ за полученіемъ моей пенсіи, которая правильно не была выговорена... Вы имѣли право считать это шантажемъ, вымогательствомъ... Вамъ надо было возобновлять свой видъ на жительство... Правда, вы могли бы его себѣ добыть, пожаловаться на меня тайно; вѣроятно, вамъ какой-нибудь вѣрный человѣкъ отсовѣтовалъ это. Но съ тѣхъ поръ вы могли представить дѣло иначе: я являлся къ вамъ и... и вамъ мои появленія, хоть и очень рѣдкія, стоили... Этого достаточно, чтобы выставить меня въ самомъ темномъ свѣтѣ, и мнѣ приказали бы выдать вамъ свидѣтельство безъ срока, подъ страхомъ... ну, хоть высылки изъ столицы, т.-е. голодной смерти для меня въ настоящій моментъ.

Я сдѣлалъ передышку.

— Вы, Марья Арсеньевна,— перешелъ я къ русскому языку,— можете сдѣлать это и теперь!...

— Что?— чуть слышно спросила Мари.

— Добиться такъ называемаго давленія на меня и получить видъ на жительство отъ подлежащаго начальства. Но если бы вы этого и добились, все-таки, вы останетесь моею женой; а вы молоды, любите... страстно,— стало быть, всегда должны надѣяться на бракъ съ предметомъ своей страсти; къ этому надо быть постоянно наготовѣ, значитъ, свободной вполнѣ,— не разводкой только, а законно разведенной... Кажется, это логично?...

Ея глаза опять уставились на меня; но въ нихъ было больше удивленія, чѣмъ гадливости.

— Вы такъ занимаетесь... мной, моимъ положеніемъ... Это такъ для меня...

— Странно?— добавилъ я.— Но я вамъ показываю только

74

логику вашего положенія. А самъ я съ тѣхъ поръ тоже сталъ обдуманнѣе, поумнѣлъ... Зачѣмъ же тянуть, раздражать васъ своими посѣщеніями и принимать отъ васъ родъ какой-то пени или подачки... какъ кто назоветъ?... Гораздо раціональнѣе будетъ столковаться.

— Contre un dédommagement pécuniaire,— подсказала она съ тихою, не особенно ядовитою усмѣшкой.

— Конечно. Дѣло самое простое. Взять на себя расходовъ по разводу я не могу. Начинать тяжбу надо вамъ. Я возьму на себя только вину и тогда буду признанъ тѣмъ, что по нашимъ законамъ называется "явный прелюбодѣй". N'est ce pas le titre est plaisant? {Не правда ли, названіе — забавно?}

Она не разсмѣялась.

— Такъ вотъ я буду "явнымъ прелюбодѣемъ", съ запрещеніемъ вступить въ новый бракъ, между тѣмъ какъ вамъ будутъ опять возвращены права незамужней. Какъ "прелюбодѣя", меня лишатъ еще разныхъ другихъ правъ и преимуществъ, напримѣръ, права присягать и быть свидѣтелемъ. А, главное, мнѣ будетъ пресѣченъ путь къ моему браку, если я не захочу рисковать быть разведеннымъ уже насильно. Я еще человѣкъ въ молодыхъ годахъ, не уродъ... Я могъ бы составить партію... Послѣ развода съ вами все у меня уходитъ... Разводъ обойдется вамъ тысячъ въ шесть рублей, конечно, сверхъ того, dédommagement, какое пойдетъ мнѣ.

Я летѣлъ точно на парусахъ; даже и внутренно не чувствовалъ труда выговорить все до конца, до послѣдняго слова этой сдѣлки. По крайней мѣрѣ, для Мари ясно сдѣлалось, отчего я прежде отвергалъ самъ разводъ, а теперь вдругъ предлагаю, и такъ беззастѣнчиво. Но меня сильно тревожило узнать, почему же она не радуется моему предложенію.

Я не далъ ей времени отвести разговоръ въ сторону.

— Уже одно то будетъ для васъ пріятно, — сказалъ я, — избавиться отъ моихъ посѣщеній!...

— Я не знаю,— перебила меня Мари опять по-французски,— почему вы считаете нужнымъ лично обращаться ко мнѣ, Модестъ Ивановичъ. Я помню свои обязательства... Вы могли бы писать мнѣ. Одного слова было бы достаточно, и вы получали бы...

"Почему я тебя лично посѣщалъ?— спросилъ я себя вмѣстѣ съ нею.— Почемъ я знаю!... Влекло, должно быть, или хотѣлось выпивать самому чашу своего "безчестія", говоря высокимъ слогомъ".

— Это дѣло уже старое... Теперь, какъ вы видите, я пришелъ

съ совершенно категорическимъ предложеніемъ, для васъ пріятнымъ.

Какъ только я это выговорилъ, сердце у меня сжалось. Что я дѣлаю? Самъ лишаюсь Мари? Ухожу навсегда отъ нея? Зачѣмъ это? Неужели для куша? Или потому только, что полчаса назадъ мнѣ стало ее такъ невыносимо жаль?

Но не это чувство овладѣло мной окончательно: превозмогло желаніе узнать поскорѣй, узнать сейчасъ же, что такое съ ней сталось, отчего она такъ измѣнилась, почему не обрадовалась моему предложенію?

— Вотъ видите, Модестъ Ивановичъ,— выговорила Мари.— Я не могу въ эту минуту обсуждать съ вами этотъ вопросъ. Во-первыхъ...

Дальше она не пошла. Или я самъ былъ слишкомъ нервенъ, или мнѣ дѣйствительно послышалось, что ея голосъ дрогнулъ. Да и въ лицѣ я тотчасъ замѣтилъ новое выраженіе.

— Будьте со мной откровенны, Мари!

Я не знаю, какъ у меня достало духу назвать ее "Мари". Эти слова вырвались у меня безъ всякой задней мысли; только когда я ихъ произнесъ, я былъ сильно взволнованъ. Мое волненіе должно было передаться и ей, потому что она тотчасъ же придвинулась ко мнѣ, готовая, какъ будто, выслушать съ довѣріемъ все, что я скажу ей, готовая и перемѣнить со мною свой сдержанный тонъ, и начать говорить, какъ съ другомъ.

Да, съ другомъ!... И въ ту же минуту она не могла не понять женскимъ чутьемъ, что ее вызывалъ на откровенность совсѣмъ уже не врагъ.

Но какое особое дѣйствіе производитъ на меня эта худощавая блондинка, совсѣмъ не красавица, съ ея тоненькимъ голоскомъ и воспаленными глазами! Отчего же не другая какая? И мало ли я встрѣчалъ роскошныхъ женщинъ, и умнѣе, и привлекательнѣе во всемъ, а вотъ подите же...

Мари слишкомъ трудно было говорить.

Пришлось задавать ей вопросы. Какого же болѣе удобнаго случая начать обратно всаживать въ эту чопорную и благородныхъ чувствъ дамочку всѣ тѣ "гвозди", которые я получалъ отъ нея?

— Стало быть,— спросилъ я не только безъ ироніи, но въ порядочномъ волненіи,— вамъ разводъ уже не полезенъ, по крайней мѣрѣ, для брака съ нимъ?...

Я не назвалъ его по имени; но эти слова "съ нимъ" ее не задѣли; да врядъ ли и могли задѣть тѣмъ тономъ, какимъ были сказаны.

— Онъ не свободенъ.

— Вѣдь, онъ и прежде былъ не свободенъ. Но, вѣроятно, тогда онъ допускалъ разводъ, а теперь не допускаетъ?

— Да,— чуть слышно больше вздохнула, чѣмъ выговорила Мари.

— Какія же встрѣтились препятствія?... Жена не соглашается?

— Я не знаю.

И вдругъ она отвернулась: это были слезы. Рѣсница лѣваго глаза блеснула.

— Мари,— волненіе мое продолжалось,— я не желаю вовсе тревожить васъ, или вывѣдывать, какъ этотъ... человѣкъ поступаетъ теперь съ вами...

Конечно, я солгалъ!... Мнѣ сильно хотѣлось знать именно то, какъ онъ поступаетъ. Видно уже было, что начинается для нея настоящее знакомство съ его личностью.

— Вы имѣете право быть съ нимъ счастливой.

Фраза вышла ловкая. Что-то вродѣ вдохновенія подсказало мнѣ ее. Выразись я менѣе удачно, Мари опять бы замкнулась. А эти слова, да еще сказанныя съ полною искренностью, развязали ей языкъ.

— Благодарю васъ.

— Но вы уже несчастливы... Гордость, собственное достоинство не позволяютъ вамъ вдаваться въ подробности... Если оно такъ, то...

Я остановился; моя мысль пошла въ другую сторону.

— Но если оно такъ,— поправился я,— почему же вамъ не быть свободной? Вы моя жена — только по имени... Свобода вамъ, во всякомъ случаѣ, нужна, какой бы конецъ ни ждалъ ваши отношенія къ этому господину.

Слово "господинъ" я сначала попробовалъ, но, кажется, звукъ моего голоса былъ довольно пренебрежительный; Мари вынесла это безъ всякаго жеста.

— Конечно.

"У ней нѣтъ средствъ на процессъ. Она не хочетъ рисковать, не знаетъ, что я запрошу".

Я началъ краснѣть неудержимо. Мы, вѣдь, не можемъ запретить краснотѣ не охватывать лица.

— Да вы думаете развѣ,— почти крикнулъ я,— что я буду требовать съ васъ цѣлаго состоянія, нѣсколько десятковъ тысячъ? Вы — женщина съ хорошими средствами, это точно, но я васъ прижимать не намѣренъ.

Мари протянула мнѣ руку.

— De grâce,— зашептала она.— Cela m'est pénible!... {Ради Бога... мнѣ это тяжело.}.

И она продолжала по-французски. Ея голосъ прерывался часто; но изъ того, что она мнѣ сказала, я понялъ, что она въ большомъ разстройствѣ, что я попадаю на другой день послѣ чего-то чрезвычайнаго...

— Mon existense est brisée! {Жизнь моя разбита.} — вырвалось у ней, видимо, противъ ея воли; она встала, поднесла платокъ къ глазамъ и убѣжала, черезъ кабинетъ, въ спальню.

Я оставался одинъ минуты три-четыре. Все это такъ на меня подѣйствовало, что я былъ точно прикованъ къ дивану.

Въ сущности, изъ чего же я такъ разчувствовался?... Вѣдь, я услыхалъ вещи самыя пріятныя... Тотъ, герой, повелитель и образецъ всѣхъ рыцарскихъ качествъ, уже собирается бросать ее... Это — навѣрное. Она не хочетъ разводиться? Еще лучше... Вѣдь, мой порывъ былъ глупъ... Зачѣмъ мнѣ съ ней разводиться? Не лучше ли держать ее постоянно въ своихъ рукахъ? Да и мелькнуло у меня, въ то же время, такое подозрѣніе:

"Полно, есть ли у ней даже и такія средства, которыя нужны для развода, съ приличнымъ отступнымъ мужу?"

Этакій разводъ обойдется тысячъ въ двадцать! Не прошелся ли возлюбленный и насчетъ состоянія моей жены?... Это болѣе чѣмъ вѣроятно и я узнаю отъ нея же правду — не сегодня, такъ въ скоромъ времени. Все это я сообразилъ теперь, когда сижу у себя въ номерѣ; а тогда я былъ до гадости нервенъ, въ вискахъ стояло дрожаніе маленькихъ жилокъ, ладони рукъ горѣли, кажется, и дышалъ я неровно.

Показалась на порогѣ гостиной Мари. Она смыла слезы и освѣжила лицо.

— Извините,— заговорила она не совсѣмъ прежнимъ тономъ, тѣмъ, который бывалъ у ней въ тѣ же посѣщенія, но сдержаннѣе, боязливѣе.— Я ничего не успѣла приготовить... вы, вѣдь, пришли ко мнѣ раньше...

Я не далъ ей досказать.

— Вы слишкомъ разстроены... Теперь,— и я сдѣлалъ удареніе на это слово,— я не могу дѣйствовать съ вами какъ прежде.

Эта фраза опять выскочила у меня.

Господинъ Леонидовъ рѣшительно сталъ бы презирать меня за такую слабость и безтактность.

— Вамъ угодно?...— спросила Мари, подойдя ко мнѣ близко.

— Вы знаете... я и прежде... не обозначалъ...

Я началъ путаться.

— Вашего визита я не ожидала... именно сегодня... Позвольте мнѣ доставить вамъ... завтра... послѣ завтра... непремѣнно.

Крикнуть: "не надо!" — я не крикнулъ, но въ смущеніи удалился, даже не смѣлъ повернуться на каблукѣ, а пятился задомъ въ переднюю.

Съ тѣмъ и пришелъ домой.

III

Черезъ день получаю пакетъ.

Я лежалъ въ сумеркахъ на кровати. Въ окнѣ мелькали порошинки снѣга. Это меня располагаетъ къ мыслямъ. Онѣ у меня безпрестанно сварочиваютъ на Мари, на мои новыя чувства къ ней... Передъ самой присылкой денегъ я разбиралъ себя: что же мнѣ дальше дѣлать? И все мое поведеніе у ней въ гостиной показалось мнѣ сначала нелѣпымъ, но такая вотъ нелѣпость лучше того, что я прежде испытывалъ. Да и почему же не признаться самому себѣ въ жалости къ этой женщинѣ?

Пакетъ я принялъ и расписался въ его полученіи. Но я его не сразу вскрылъ, даже захотѣлось назадъ отправить. И, ей-Богу, я не подумалъ: "а чѣмъ ты жить будешь?" Это было совсѣмъ другое чувство. Къ деньгамъ,— ихъ меньше, чѣмъ порція въ послѣдній разъ,— приложена записка:

"Извините, на этотъ разъ я никакъ къ могу больше. Мнѣ очень, очень непріятно; но вы мнѣ повѣрите..."

Оборвана фраза и буквъ М. К. не поставлено.

Вѣдь, это могло быть самою банальною уверткой; но я повѣрилъ... Вся записка карандашомъ, на листкѣ, оторванномъ отъ записной книжки, говорила про то, что Мари разорена.

И разорилъ ее любовникъ! Деньги держалъ я въ рукахъ и, право, онѣ мнѣ жгли ладонь. Я бросилъ ихъ на столъ, хотѣлъ сейчасъ же послать назадъ или самому отнести безъ всякихъ разговоровъ: просто, принесъ, отдалъ горничной и ушелъ.

За стѣной, въ комнатѣ рядомъ, заслышались шаги. Это вернулся сосѣдъ мой Леонидовъ и зажигаетъ лампу. Въ головѣ у меня промелькнуло что-то по его адресу. Я засунулъ пачку бумажекъ въ боковой карманъ и пошелъ къ нему.

Леонидовъ встрѣтилъ меня, какъ всегда, съ своимъ свѣтскимъ тономъ:

— Enchanté... {Я въ восхищеніи!}.

Его дѣла, должно быть, совсѣмъ плохи, даже воротничокъ рубашки грязенъ; обыкновенно онъ опрятнѣе одѣвается.

Особеннаго у него устройства носъ, извилистый, съ раздвоеніемъ на кончикѣ. Онъ бреется, какъ актеръ, и носитъ волосы съ англійскомъ проборомъ. Щеки были хорошо выбриты.

— Enchanté!— повторилъ онъ еще разъ и крѣпко пожалъ мнѣ руку.

Я этого не очень люблю,— не потому, что презираю его,— ладонь у него влажная и холодная.

По выраженію моего лица онъ могъ догадаться, что я зашелъ къ нему не спроста: мы уже сидѣли около лампы. И садиться пригласилъ онъ меня, съ манерами, французскою фразой:

— Prenez place!...

Въ другое время я бы оставилъ его въ покоѣ, съ его свѣтскостью, но тутъ мнѣ захотѣлось свести, его на настоящую ступень.

— Вы уже изволили откушать?— спрашиваетъ онъ меня съ самою изящною интонаціей.

— Нѣтъ, еще не изволилъ.

— А то бы я предложилъ вамъ чашку "кофэ".

Онъ произноситъ "кофэ", а не "кофею".

— Вы въ ладахъ съ хозяйкой?— спросилъ я и усмѣхнулся.

— Comme-èa! {Такъ себѣ!} — отвѣтилъ Леонидовъ, оглянулъ свой убогій нумерокъ и сдѣлалъ презрительную гримасу.— Что прикажете дѣлать? Надо ютиться здѣсь до наступленія лучшей поры...

Смотрю на его визитку: она потертѣе моей,— на галстукъ, купленный въ пассажѣ за сорокъ копѣекъ, на его извилистый и плутоватый, смѣшной носъ, и говорю тихо, точно вслухъ думаю:

— Вамъ, добрѣйшій Леонидовъ, пора быть со мною попроще; мы бонтонъ можемъ и бросить!

Онъ какъ будто удивляется.

— Dans quel sens? {Въ какомъ смыслѣ?}

— Да что же намъ джентльментами-то представляться?... Ваши дѣла, я вижу, не блестящи. Можетъ быть, у меня найдется для васъ дѣльце, если я на вашъ счетъ не ошибаюсь.

Онъ продолжалъ вопросительно глядѣть на меня.

Я попросту, безъ обиняковъ, спросилъ его: не обращаются ли къ нему извѣстнаго сорта адвокаты по бракоразводнымъ дѣламъ?

Помялся, однако, упираться не сталъ. Это и меня облегчило. Быть можетъ, впервые почувствовалъ я потребность разсказать, безъ всякихъ умолчаній, исторію моей женитьбы. Предлогъ былъ: Леонидовъ сейчасъ же спросилъ меня въ полголоса, точно насъ подслушиваютъ:

— Вы желали бы развестись?

Хорошо хоть разъ въ жизни такъ поисповѣдаться, и безъ всякой особой обстановки, безъ слезъ и нервничанья, не духовнику, а такой вотъ темной личности, какъ мой сосѣдъ. Тутъ не было никакой рисовки. Я не хотѣлъ черезъ мѣру унижать себя, клеймить,— это была бы тоже своего рода рисовка. Я разсказалъ только, какъ я пришелъ къ тому, что теперь со мною... И у господина Леонидова могла быть исторія въ томъ же родѣ, и онъ родился, какъ и я, въ дворянской семьѣ, съ состояніемъ, также его учили съ дѣтства говорить по-французски и по-англійски, также могъ онъ наслѣдовать, вмѣстѣ съ хорошими манерами, родовыя наклонности.

Сосѣдъ хотѣлъ было остановить меня, когда я перешелъ къ деталямъ, деликатною фразой:

— Вамъ нѣтъ надобности касаться...

Но я "коснулся" всего... Передо мною и передъ нимъ прошли разные эпизоды. Вотъ я студентомъ-кутилой, на полной волѣ, съ порядочнымъ состояньицемъ; кончаю курсъ не важно; думаю о хорошей партіи и о легкой, видной службѣ, но только не въ провинціи. Года въ два, по окончаніи курса, все было прожито. Поигрывалъ, ужины, тройки, франтовство, лошади... Дальняя родственница тетка, большая хищница и большой циникъ, направила меня на свою родственницу, богатую, гостившую у нея зиму. Она все обдумала, она же и предложила сдѣлку.

— Сдѣлку?— меланхолически выговорилъ Леонидовъ.

— Да, была настоящая сдѣлка. Барышня могла и сама по себѣ нравиться, но мы рѣшили ее "добыть" — и добыли... Ее пріучали къ пикникамъ, шампанскому... не стоило много труда; послѣ кутежа за городомъ довели ее до...

Я сдѣлалъ надъ собой маленькое усиліе и сказалъ послѣ минутной запинки:

— До потери полнаго сознанія... Тетенька, пожалуй, чего-нибудь и подсыпала.

Я нравился этой дѣвушкѣ. Быть можетъ, она могла бы быть

моею и безъ всякой махинаціи. Думаю такъ потому, что она послѣ того всю почти зиму принимала меня тайно, по ночамъ, когда пріѣхала ея замужняя сестра и взяла ее гостить къ себѣ. У ней была отдѣльная комната,— жили они въ отелѣ, — ея горничная, разумѣется, подкупленная, впускала меня.

Къ веснѣ ее объявили моею невѣстой. Родные, у себя въ деревнѣ, ничего не знали. Имъ мое сватовство не особенно понравилось. Тетка извѣстила ихъ, что "иначе сдѣлать нельзя".

Послѣ свадьбы вдвойнѣ понадобился "un voyage de noce"... Но еще передъ выѣздомъ изъ Петербурга жена вдругъ точно все сообразила и возненавидѣла меня. Мнѣ она не подала вида,— все затаила въ себѣ.

Тутъ я долженъ былъ остановиться на двухъ самыхъ цвѣтистыхъ эпизодахъ изъ нашей заграничной жизни. И я этого не сдѣлалъ. Я сталъ исповѣдываться господину Леонидову только о себѣ.

Довольно было для полноты картины и того, что я разсказалъ сосѣду о соглашеніи моемъ съ женой. Оно состоялось черезъ нѣсколько лѣтъ. Я не хотѣлъ отпускать ее даромъ.

— Il va de soi! {Само собою!} — предупредительно замѣтилъ сосѣдъ.

Но я себя не выгораживалъ. Если я не употребилъ слова: "шантажъ", говоря о своихъ посѣщеніяхъ Мари, то потому только, что я ничего не вымогалъ силой или угрозой. Каждый разъ на такое посѣщеніе я рѣшался въ крайности. Мы подошли и къ ближайшей цѣли моего визита.

Я ему назвалъ имя того, кто теперь держитъ судьбу Мари въ своихъ рукахъ. Ему оно было извѣстно. Мы уже отлично понимали другъ друга. Мнѣ не было надобности разсказывать ему, чѣмъ я обязанъ этому человѣку. Я сказалъ только, что необходимо доподлинно знать, въ какомъ финансовомъ положеніи находится этотъ господинъ и нѣтъ ли у него новой связи съ замужнею женщиной.

— Le faire filer? {Слѣдить за нимъ?} — спросилъ меня сосѣдъ дѣловымъ тономъ, съ усмѣшкой въ глазахъ.

Я поторопился прибавить, что готовъ вознаградить за трудъ, и сейчасъ же предложилъ ему небольшой задатокъ. Леонидовъ "держалъ радостную улыбку и съ большимъ достоинствомъ сдѣлалъ жестъ рукой:

— Entre gentilshommes!... {Между дворянами!}.

Черезъ десять минутъ онъ уже набросалъ планъ дѣйствій и

успокоилъ меня, что не я первый обращаюсь по дѣламъ такого рода къ частнымъ сотрудникамъ.

— И въ Петербургѣ,— добавилъ онъ,— есть свои агентства: "Tricoche et Cacolet".

Мы разстались большими друзьями. Черезъ три дня онъ обѣщалъ поставить меня самого на слѣдъ, если что окажется.

———

У себя, лежа на кровати въ темнотѣ, я не могъ уйти отъ тѣхъ подробностей изъ исторіи моей женитьбы, гдѣ я долженъ былъ бы говорить противъ Мари.

Картины поплыли передо мною, и нѣкоторыя такъ ярко, точно галлюцинаціи.

Вотъ мы ѣдемъ на пароходѣ въ Капри. Сначала пристань Ванта-Лючіа передъ нами; солнце играетъ въ морской зыби. Оборванцы подъѣзжаютъ на лодкахъ, кричатъ: "Мушью, мушью!" и кидаются въ воду, достаютъ со дна мѣдныя су и франки иностранцевъ. Мы уже третій мѣсяцъ молодые. Мари весела, но я не знаю, что у нея таится на душѣ. Италія увлекаетъ ее. Наканунѣ ей устроилъ кто-то серенаду подъ окномъ отеля. Мы уже ѣздили въ Портичи, въ Помпею, подымались на Везувій. На палубѣ парохода мы плотно позавтракали, выпили большую фляжку крѣпкаго сиракузскаго вина. Передъ "голубымъ" гротомъ насъ стало укачивать, но въ гротъ мы, все-таки, попали. Много смѣху было. Въ Капри, у пристани, мы сѣли на ословъ. Молодыя бабы погнали ихъ и тыкали намъ подъ носъ разное дрянца изъ коралловъ, хлестали ословъ безъ умолку, кричали на нихъ. Съ нами подымалась такая же почти молодая чета — мужъ съ женой, французы хорошаго тона. Онъ — сухой брюнетъ, опа — кругленькая блондинка. Еще дорогой мы разговорились. Наверху, по дорогѣ къ виллѣ Тиверія, мы остановились. Наши бабы заставили насъ слѣзть, спросить въ этомъ кабачкѣ вина и устроили пляску. Тутъ мы съ французомъ назвали другъ другу наши "titres et qualités" и представили взаимно нашихъ женъ.. Онъ виконтъ de ***. Женатъ уже нѣсколько лѣтъ. Вино, пляска, гудѣніе тамбурина, видъ съ площадки сблизили насъ разомъ.

Съ тѣхъ поръ мы жили все вмѣстѣ. И въ Парижѣ стали видаться каждый день.

Опять, съ ясностью галлюцинаціи, передо мною салонъ нашей парижской квартиры. Я пошелъ на бульваръ почитать газетъ и выпить абсенту въ "Grand-Café". Возвращаюсь, вхожу прямо: жена моя на колѣняхъ у виконта. Я остановился въ дверяхъ. Она нисколько не смутилась, не сразу оставила свою позу, потомъ встала и, указывая на него рукой, почти закричала:

— Nous, nous aimons! {Мы любимъ другъ друга!}.

Виконтъ оторопѣлъ и молчалъ.

Я могъ бы ихъ убить, по французскимъ обычаямъ, но я ничего не сдѣлалъ, даже не вызвалъ его. Я ушелъ къ себѣ въ кабинетъ и ждалъ. Объясненіе произошло тотчасъ же и оно мнѣ показало, что все это было нарочно подстроено, чтобы довести меня до дуэли и убить. Тогда я увидалъ, какая въ ней злобность. Глядитъ мнѣ прямо въ глаза и дерзко, съ цинизмомъ, точно приколачиваетъ каждое слово, говоритъ мнѣ, какъ она меня ненавидитъ за мою подлость, за мое поведеніе съ нею, которое она. только послѣ свадьбы поняла. Она искала случая и нашла его. Французу она отдалась, не любя его, только бы вышелъ разрывъ.

И я не поддался. Вызова я не послалъ. Я только притворился покладливымъ мужемъ, сталъ у нея же просить прощенія не требовалъ обязательной любви, обратилъ все въ шутку, обезоружилъ ея любовника своимъ великодушіемъ. Но это было одна притворство. Какъ бы мы ни поступили съ нею, тетка и я, она начала отплачивать мнѣ слишкомъ дерзко и злобно.

Такъ прошло нѣсколько мѣсяцевъ. Вотъ передо мною и петербургскій сѣренькій денекъ, когда въ руки мои попались письма виконта. Изъ нихъ я узналъ, что Мари подстрекала его ни больше, ни меньше, какъ отравить меня. Французъ не соглашался. Убить на дуэли — да. Онъ готовъ оскорбить меня, нарочно пріѣхать за этимъ въ Россію, но роль злодѣя не можетъ взять на себя. Я притворился, что ничего не знаю. Французъ являлся и въ Россію. Когда брезгливое презрѣніе моей жены слишкомъ уже стало явно и она не церемонилась уѣзжать съ нимъ въ Москву, на воды, въ Крымъ,— я показалъ когти, далъ знать и ей, и ея любовнику, что у меня въ рукахъ есть документы,— отъ которыхъ имъ не поздоровится.

Французъ тотчасъ же разсудилъ вернуться домой. Мари притихла. Такъ прошло еще цѣлыхъ два года.

Тогда я уже пересталъ церемониться. Жена должна была содержать меня попрежнему; но эта жизнь на ея счетъ сдѣлалась явною сдѣлкой, вымогательствомъ, молчаливою угрозой. Работать я и прежде не хотѣлъ, а тутъ и подавно.

Въ проживаніи "aux crochets de ma femme légitime" {На

хлѣбахъ у законной жены.} было, въ моихъ глазахъ, уже что-то искупленное ея ненавистью ко мнѣ, такъ какъ она цинически взяла себѣ любовника съ цѣлью сдѣлать изъ него моего убійцу или отравителя.

Теперь все это кажется бульварною драмой "un bon mélo",— какъ бы сказалъ мой сосѣдъ Леонидовъ; но тогда на меня глядѣла настоящая жизнь, я видѣлъ "Schwarz auf Weiss" — какъ моя изящная, на видъ тихенькая, со сладкимъ голоскомъ жена цѣлые мѣсяцы обдумывала планъ отправленія меня въ елисейскія поля. Это ужасно быстро уничтожаетъ всякіе предразсудки насчетъ честной работы и достоинства мужчины, который не долженъ никогда опускаться до положенія особы, живущей на содержаніи. И вопроса о разводѣ жена тогда сама не поднимала ни разу, во весь этотъ двухлѣтній періодъ. Почему? Вѣроятно, потому, что она надѣялась на успѣхъ какой-нибудь адской комбинаціи. Это слово — "адской" совсѣмъ не преувеличено, не театрально. Какъ же иначе назвать такое постоянное обдумываніе смерти человѣка? Но я не возмущался, я принималъ это, какъ должное. Сколько разъ думалъ я:

"Ah gredine!... ты боишься меня, знаешь, что ты у меня въ рукахъ! У тебя нѣтъ смѣлости уйти и жить отдѣльно, на свои средства; ты терпишь и готовишься къ новому подстрекательству новаго любовника! Что же мнѣ-то имѣть наивные укоры совѣсти за прошлое или за настоящее?..."

И я проживалъ ея деньги, ѣлъ хорошо, игралъ въ клубѣ, ѣздилъ на ея лошадяхъ. Только все труднѣе дѣлалось доставать отъ нея наличными деньгами. Довѣренности она мнѣ не давала. Но я подписывалъ векселя и добивался ея поручительства: это выходило на то же. Я продолжалъ и числиться на службѣ, все тамъ же, куда я себя причислилъ по выходѣ изъ университета. Мое положеніе похоже было на положеніе сотенъ молодыхъ вивёровъ, прикрывающихъ свое шалопайство тѣмъ, что состоятъ "при...".

Да, въ эти два года потерялъ я всякій вкусъ къ какому-нибудь подобію работы. И во мнѣ развилась особая философія. Меня постоянно тѣснило сознаніе того, что я беру законную взятку съ моей "преступной" жены, виновной не въ томъ только, что она мнѣ измѣнила такъ нахально и дерзко, а и въ такомъ тайномъ злодѣяніи, какъ посягательство на мою жизнь. Что такое были для меня тогда мои прегрѣшенія передъ Мари?... Я воспользовался ея молодостью, ея темпераментомъ? La belle affaire!... А она была женщина, "ангелъ во плоти", и такъ гнусно мстила мнѣ за escapade, которая только помогла ей поскорѣе выйти замужъ... И не все ли равно, за кого она вышла бы? Вѣдь, я не былъ противенъ, я ей нравился. Между мной и другими молодыми людьми ея общества не могла она видѣть большой разницы. Изъ этихъ военныхъ и штатскихъ на двадцать человѣкъ пятнадцать жили бы на ея приданое, какъ и я. Ей было даже лучше со мной. Еслибъ она смотрѣла на меня, какъ на "parfait gentleman" — о! тогда она потеряла бы свое состояніе въ три-четыре года. Тогда супругъ прибралъ бы все къ рукамъ, не сталъ бы вытягивать у ней по мелочамъ.

Такъ разсуждалъ я тогда, да и двѣ недѣли тому назадъ почти такъ же. Закоренѣлость чувствовалъ я, и мнѣ было очень легко съ нею. Я продолжалъ считать себя выше ея и по части нравственности...

Да и не правъ ли я былъ? Завелся къ концу втораго года новый другъ,— тотъ, что будетъ теперь предметомъ тайныхъ наблюденій моего сосѣда,— великій комедіантъ, дѣлецъ и... негодяй, господинъ Карчинскій!... Помню, когда эта самодовольная, лакейская физіономія съ густыми, расчесанными бакенбардами появилась въ первый разъ въ будуарѣ моей жены, я сказалъ себѣ:

"Вотъ этотъ ловкачъ съѣстъ тебя".

И онъ дѣйствительно меня съѣлъ. Въ какихъ-нибудь два-три мѣсяца онъ меня опуталъ. Мнѣ неловко стало показываться даже туда, гдѣ я числился на службѣ. Я, законный мужъ, ославленъ былъ хуже всякаго кокоточнаго Альфонса... Я вышелъ въ отставку... И дома положеніе становилось самое жалкое; доходило до того, что мнѣ перестали давать карманныя деньги, на ресторанъ, извощика, пару перчатокъ, безъ контроля. Увѣренность моя пропадала. Тряпкой сдѣлался я — и тряпкой, сознающею свою негодность. Тогда этотъ "bellâtre" началъ пугать меня и довелъ до того, что я продалъ ему, какъ "повѣренному" моей жены, тѣ письма, которыя писалъ ей французъ насчетъ отправки меня на тотъ свѣтъ...

Зачѣмъ я это сдѣлалъ? Неужели такъ низко упалъ я тогда? Чего же легче было: поймавъ ихъ обоихъ, выжать изъ такой поимки все, что было возможно? А какъ глупо и гнусно воспользовался я ихъ афронтомъ!... Чѣмъ я кончилъ? Вмѣсто того, чтобы взять отступнаго, когда отъ меня стали требовать развода, я уперся.

Въ то время мнѣ казалось, что я сдѣлалъ самую лучшую аферу, не согласясь на разводъ; теперь я вижу, что было во мнѣ настоящею пружиной: ненависть къ этому обличителю моего ничтожества, къ повѣренному и возлюбленному моей жены. Я и тогда уже предчувствовалъ, какъ она обманется въ немъ. Онъ съумѣлъ выставить себя передъ нею жертвой своего тягостнаго супружества. Она мечтала о томъ, что и онъ разведется. И вотъ Мари обманута, разорена своимъ защитникомъ и героемъ... Я — отомщенъ!

Но развѣ мнѣ нужно это въ настоящую минуту? Не ложное мщеніе толкаетъ меня. Мнѣ ее жаль... Я долженъ ей помочь! Пускай мой сосѣдъ увѣренъ въ томъ, что я подготовляю западню моей женѣ — съ цѣлью поживиться. Если мы съ нимъ добудемъ о господинѣ Карчинскомъ хорошенькіе фактики, всѣ эти фактики должны пойти на пользу Мари. Онъ, навѣрное, обрабатываетъ замужнюю женщину съ деньгами. Мари долго скрывать отъ меня не станетъ, что она — разорена. Деньги, присланныя мнѣ въ пакетѣ, пойдутъ на нее же. Я принялъ ихъ въ послѣдній разъ.

IV

Мы повернули съ Леонидовымъ на Невскій.

Снѣгъ валилъ хлопьями. Но мнѣ было весело. Я даже не вздрагивалъ подъ своимъ осеннимъ пальто безъ мѣховаго воротника.

— Зайдемте къ Лейнеру закусить,— предложилъ я ему. Онъ сначала было согласился, потомъ что-то вспомнилъ.

— Pas aujourd'hui, — отвѣтилъ онъ (на улицѣ онъ строго держится французскаго языка),— j'ai une course importante à faire... {Не сегодня. У меня есть важное дѣло.}.

Остальное онъ досказалъ глазами. Его смѣшной носъ улыбнулся мнѣ вмѣстѣ съ глазами. Свою службу началъ онъ исправлять бойко и добросовѣстно.

— Maintenant,— заговорилъ онъ потише и наклонился къ моему уху, — vous êtes sur la piste... pour le reste nous aviserons demain... {Теперь — вы напали на слѣдъ... Остальное мы обсудимъ завтра.}.

Онъ пошелъ скорымъ шагомъ внизъ по Невскому. Высокая потертая шляпа сидѣла на его головѣ строго, руки ушли въ карманы пальто съ мерлушчатымъ воротникомъ. Леонидовъ смотритъ на улицѣ франтоватѣе моего.

Я зашелъ въ ресторанъ, положилъ себѣ у буфета икры на блюдечко, спросилъ бутылку пива и сѣлъ къ столику. Было уже много народу — нѣмцевъ, жидковъ, биржевыхъ зайцевъ: часъ раннихъ ужиновъ уже начался.

Леонидовъ въ три-четыре дня поставилъ меня "sur la piste"; мы были съ нимъ, полчаса передъ тѣмъ, въ отелѣ, гдѣ онъ поручилъ меня корридорному, уже подготовленному имъ. По этой части у него большая сноровка. Въ бракоразводныхъ дѣлахъ онъ не даромъ зарабатываетъ свой хлѣбъ.

Но я ему не сказалъ, что въ томъ самомъ отелѣ около двухъ лѣтъ назадъ я уже безъ всякой посторонней помощи поймалъ Мари съ тѣмъ же Карчинскимъ. Къ отелю онъ привыкъ и не побоялся устроить тамъ постоянную квартиру и съ новою своею любовницей.

Прислуга перемѣнилась. И швейцаръ теперь не тотъ, и корридорный — мужикъ, проходившій мимо насъ, когда мы съ Леонидовымъ стояли въ углу, около комнатки лакея, того, что долженъ завтра пустить меня къ себѣ. Да и онъ уже не тотъ, что получалъ съ меня двадцать пять рублей.

И номеръ — другой. Тотъ былъ этажомъ ниже.

За пивомъ мнѣ представилась внутренность того номера, гдѣ Мари по два и по три раза въ недѣлю видѣлась съ своимъ "освободителемъ". Мнѣ сильно захотѣлось войти туда. И я спросилъ лакея:

— Свободенъ номеръ шестнадцатый?

— Никакъ нѣтъ-съ, занятъ! Помѣсячно нанимаютъ.

И тогда они нанимали его помѣсячно, платили восемьдесятъ рублей. Онъ состоитъ,— и теперь его расположеніе, навѣрное, то же самое,— изъ гостиной съ перегородкой и маленькой спальной. Обои были малиновыя съ медальонами изъ гирляндъ. Противъ двери, заклеенной съ той стороны обоями,— она мнѣ и служила для моихъ наблюденій,— каминъ и козетка. На ней съ ногами, и непремѣнно съ книжкой, Мари дожидалась его. Они проводили тамъ вечера, какъ у себя дома; читали вмѣстѣ. Большихъ нѣжностей въ этой комнатѣ не было. Онъ, я думаю, и тогда уже не пылалъ къ ней страстью, а подбирался къ ея деньгамъ. Мари слушала его фразы, упивалась его чтеніемъ, — часто это были французскіе стихи. На нее находилъ любовный экстазъ. Тогда она становилась на колѣни передъ нимъ, цѣловала его руки, плакала, кричала, всхлипывала, какъ-то все тыкалась ему головой въ колѣна...

— O!!, que tu me rends heureuse, Boris! {O! какъ я счастлива съ тобой, Борисъ!}— доносился до меня ея истерическій возгласъ.

А я сидѣлъ въ коморкѣ оффиціанта и ждалъ благопріятной минуты.

Когда мнѣ уже прискучило смотрѣть на ихъ идиллію, дверь въ номеръ была открыта другимъ ключемъ, и невѣрность моей жены установлена формальнымъ порядкомъ.

И вотъ теперь опять тотъ же отель и такой же подкупъ прислуги. Но наблюдать будетъ уже не такъ удобно. Изъ сососѣдняго номера пока и совсѣмъ нельзя. Мнѣ такихъ наблюденій не нужно, какъ два года тому назадъ. Нужно только неоспоримое доказательство того, что "идеалъ" моей жены бросилъ ее окончательно; что онъ — въ связи съ другою женщиной и обираетъ ту такъ же, какъ обиралъ и ее.

Когда я сидѣлъ за столикомъ, публика прибывала, мое возбужденное состояніе все возростало. Я наскоро допилъ свое пиво и расплатился. Меня стало влечь въ квартиру Мари: навѣрное, она дома; въ такой еще не поздній часъ она не побоится меня принять.

Я не выдержалъ до слѣдующаго утра.

Сдачу мнѣ долго не несли; я выходилъ изъ себя и выбранилъ лакея. Со стороны можно было подумать, что я отъ кого-нибудь убѣгаю. Взялъ я извощика-лихача, около отеля "France", чтобы поскорѣе онъ меня домчалъ. Мнѣ это стоило рубль.

Было уже въ началѣ одиннадцатаго, когда я спрашивалъ у швейцара:

— Марья Арсеньевна у себя?

Онъ меня зналъ и относился ко мнѣ довольно мягко, отъ хорошихъ наводокъ.

На этотъ разъ швейцаръ оглядѣлъ меня и остановилъ словами:

— Онѣ не совсѣмъ здоровы.

Я ему сунулъ рублевую бумажку. Онъ пропустилъ меня вверхъ по лѣстницѣ. Въ переднюю горничная не хотѣла было меня пускать, не снимала цѣпи съ замка. Подкупить ее бумажкой я не счелъ удобнымъ; но, должно быть, у меня въ голосѣ и въ глазахъ было что-нибудь униженно-просительное и смиренное, когда я ей сказалъ:

— Пожалуйста, я на пять минутъ; дѣло экстренное...

Она бы въ прежнее время и послѣ такой просьбы не впустила меня, да еще вечеромъ. Тогда она иначе бы не объяснила мой приходъ, какъ желаніемъ произвести скандалъ, а то такъ и стрѣлять въ ея барыню.

Тутъ она смилостивилась, только попросила подождать "минуточку" на площадкѣ.

Но дверь оставила, все-таки, на цѣпи.

Я вздрагивалъ, стоя на площадкѣ въ своемъ осеннемъ пальто,— не отъ холода, а отъ нервной дрожи. Двѣ-три минуты показались мнѣ почти мучительно-долгими. Право, я самъ себѣ былъ смѣшонъ: влюбленный юноша примчался, какъ сумасшедшій, и, съ замираніемъ сердца, ждетъ: пустятъ ли его къ ней, или нѣтъ?

Меня пустили. Горничная сказала въ полголоса:

— Марья Арсеньевна собираются ѣхать черезъ полчаса.

"Куда же: на балъ или въ маскарадъ?" — подумалъ я.

Никакого вопроса я горничной не сдѣлалъ, вошелъ въ прихожую тихо, тихо и не допустилъ ее снимать съ себя пальто. Мнѣ, когда я это записываю, кажется странною такая приниженность. Вѣдь, я пришелъ съ цѣнными фактами противъ человѣка, окончательно отнявшаго у меня жену. Однако, я эту приниженность или особенную кроткую скромность испытывалъ несомнѣнно.

Горничная пошла къ Мари. Дожидался я всего какихъ-нибудь двѣ-три минуты. Мари вышла быстро. Она была въ черномъ и съ кружевнымъ платкомъ, приколотымъ на макушкѣ: ясный признакъ того, что собралась въ маскарадъ. Я сообразилъ даже куда: среда — въ купеческій клубъ.

Жалко мнѣ ее стало чрезвычайно. Злобность моя безвозвратно исчезла. Я такъ легко почувствовалъ себя въ ея присутствіи, что сейчасъ же спросилъ ее просто, по-товарищески:

— Въ маскарадъ?

Она отвѣтила мнѣ жестомъ головы и тотчасъ же сѣла противъ меня. Лицо свое она только что передъ этимъ покрыла пудрой. Сквозь пудру пробивала краснота. Глаза блестѣли, но такъ, какъ они блестятъ отъ прилива крови къ лицу. Что-нибудь взволновало ее незадолго да моего прихода.

— Я неожиданно собралась...— вдругъ выговорила Мари.

Мы сразу стали понимать другъ друга безъ всякихъ лишнихъ объясненій и распросовъ.

Собралась внезапно въ маскарадъ,— разумѣется, ловить его, убѣдиться окончательно, что онъ ее нагло обманываетъ, и не съ одною только тою женщиной, съ которой имѣетъ свиданія въ отелѣ, которую обираетъ, а съ разными дешевыми потаскушками.

Развѣ я не пришелъ къ ней съ фактомъ, гораздо болѣе

вѣскимъ, чѣмъ хожденіе въ залѣ подъ руку съ какимъ-нибудь продажнымъ домино?

Я хотѣлъ было крикнуть: "не ѣздите!" но удержался и сказалъ только:

— Вотъ съ чѣмъ я къ вамъ, Мари...

Это "Мари" она опять хорошо приняла,— я думаю, что и не обратила вниманія. Протянулъ я къ ней руку, взялъ ея руку въ свою, пододвинулся къ ней и въ полголоса, почти шепотомъ, по-французски, разсказалъ ей про наши поиски.

— Если вы мнѣ не вѣрите, — кончилъ я,— пойдемте вмѣстѣ въ тотъ день, когда она тамъ будетъ... Вы ихъ поймаете...

Она могла бы напомнить мнѣ тотъ вечеръ, когда я поймалъ ихъ съ Карчинскимъ. Но не то ее забрало за живое, такъ что она вскочила.

Какъ?!... Въ томъ самомъ отелѣ, быть можетъ, въ той же комнатѣ,— я ей не сказалъ, въ какой именно, онъ, не разорвавъ съ ней, обладаетъ другой!... Вотъ что заставило Мари выйти изъ своей сдержанности. Она начала ходить по гостиной и, безпрестанно повертываясь ко мнѣ и останавливаясь, быстро-быстро говорила мнѣ о Карчинскомъ, какъ говорятъ другу, не хныкала, съ внутренними слезами въ голосѣ, безъ утайки, безъ всякихъ выгораживаній себя.

Да, онъ ее разорилъ. У ней остался, положимъ, по второй закладной, домъ въ Москвѣ, да обстановка квартиры. И ея цѣнныя вещи были почти всѣ въ закладѣ.

— Вамъ нечего трудиться, мой другъ,— говорила она мнѣ, и ноздри ея вздрагивали,— разузнавать про то, что этотъ человѣкъ получилъ отъ меня. Вы это знаете теперь. Также точно онъ и ее обираетъ... эту отвратительную, обрюзглую развратницу!

Она выговорила всю тираду по-русски, однимъ духомъ. Голосъ ея уже не звучалъ жидко, по-дѣтски, какъ обыкновенно.

Не состоянія своего ей жаль было, а разжигала ревность,— она еще не насытилась этимъ человѣкомъ. Ее ѣла обида за его обманъ. Она дошла даже до того, что закричала:

— Приди онъ ко мнѣ и скажи прямо: "Да, я разорился. Въ меня влюбилась... une drôlesse... и тайкомъ отъ мужа бѣгаетъ ко мнѣ, въ отель. Она богата..." Какъ это ни гадко, я простила бы. Но тутъ не однѣ деньги, не однѣ деньги!...

— Однѣ!— позволилъ я себѣ сказать.

— Онъ меня не любитъ! И не любилъ! Я всегда была его вещью... Я знаю теперь, что до встрѣчи съ этою барыней онъ мѣнялъ меня на разную дрянь... des filles... quoi! Я это знаю теперь,— вы слышите?— знаю... У меня есть документъ.

— Документъ?!

Я невольно разсмѣялся. Мари убѣжала въ свой кабинетикъ и вернулась оттуда съ книжечкой, довольно старенькой, въ сафьянномъ переплетѣ, узенькой и длинной, съ карандашомъ.

— Вотъ смотрите, смотрите!...

Мари открыла мнѣ страницу. На ней были, мельчайшимъ почеркомъ и подъ различными числами, записаны женскія имена, русскими и латинскими буквами. Около нѣкоторыхъ, сбоку, стояли замѣтки, сокращенно.

— Quel homme!— судорожно, кривя ротъ, вскричала Мари.— Quel cynisme crapuleux! {Каковъ! Что за грязный цинизмъ!}. Онъ списокъ велъ своимъ... своимъ...

— Побѣдамъ,— подсказалъ я.

— Какимъ побѣдамъ! Ха, ха, ха!... Да это, должно быть... des filles de la pire espèce! Онъ жаденъ! Онъ не способенъ израсходоваться на хорошую кокотку... Des drôlesses!... Или какія-нибудь гувернантки... бонны... que sais je!

И она указала указательнымъ пальцемъ въ развернутую записную книжку.

— Все это,— вы, вѣдь, видите числа,— все это въ прошлую зиму, когда онъ видался со мной каждый день... и строилъ фразы... напускалъ на себя страсть!

— Какъ же вы добыли?

— Забылъ у меня... давно... Мнѣ Саша принесла разъ,— нашла здѣсь, въ гостинной или въ передней,— не помню.

Мое шпіонство, подкупъ сосѣда были ни къ чему. Но я этимъ не огорчился. Возбужденность Мари, ея ѣдкія страданія, ея тонъ, ея откровенныя рѣчи,— вотъ что наполняло меня тогда. Я, все-таки, былъ ея настоящій, единственный другъ; ей легко со мною; она выдаетъ мнѣ моего врага,— того человѣка, которому когда-то удалось раздавить меня, какъ гадину, даже послѣ того, какъ я могъ по суду опорочить его за преступное сожительство съ моею женой.

У Мари явилось неудержимое желаніе вернуться къ этому прошедшему, не за тѣмъ, чтобъ оскорблять меня, напоминать мнѣ самый постыдный періодъ моего супружества, а чтобы самое себя клеймить, издѣваться надъ собой и своимъ увлеченіемъ... Она еще разъ спросила меня и такъ рѣзко, насмѣшливо, почти цинически:

— Такъ у нихъ номеръ въ томъ же отелѣ?

И начала вспоминать, какъ еще тогда, когда она меня такъ

усердно обманывала, когда они видались съ Карчинскимъ по два, по три раза въ недѣлю, она могла бы, еслибъ не была ослѣплена страстью, догадаться, что она скоро прѣлась ему, какъ женщина.

Я съ удовольствіемъ слушалъ и даже задавалъ ей вопросы. Все ихъ отельное супружество вставало передо мной во всѣхъ интимныхъ подробностяхъ.

— Теперь я только понимаю, какъ онъ меня дурачилъ!— уже не знаю въ какой разъ повторила Мари; лицо ея не покидало язвительнаго выраженія. Она точно съ особымъ наслажденіемъ растравляла свои раны.— Его любовь къ поэзіи... всѣ эти чтенія... въ номерѣ гостиницы. Иногда я его дожидалась по цѣлымъ часамъ... Онъ составилъ библіотеку. И я какъ дура восхищалась его вкусомъ, его идеями... его декламаціей... Ха-ха, ха! А все это было — уловка, чтобы замаскировать... son peu d'amour...— досказала она по-французски.

Такая жестокость чувствовалась въ этомъ издѣвательствѣ надъ самой собою, что я перебилъ ее:

— И вы, Мари, собрались въ маскарадъ только чтобы видѣть его?

— Вы думаете,— почти крикнула она,— я жажду этого неизреченнаго счастія? Теперь между нами всѣ счеты кончены. Но я хочу,— да, я хочу,— въ послѣдній разъ, до послѣдняго слова, высказать ему, какая онъ гадина!

— Не выдержите роли... Вы, стало быть, назначили ему свиданіе?

Мой вопросъ былъ далекъ отъ всякаго выспрашиванія. Впрочемъ, она была такъ возбуждена, что я могъ и не то ее спрашивать.

— Я?... Ему свиданіе?... Никогда!... Но я знаю, что онъ будетъ...

— И новая его барыня также?

— Какое мнѣ дѣло?... Можетъ быть, съ нею... увижу его... а, можетъ быть, и съ какою-нибудь дрянью... cela m'est tout un!...

Въ маскарадѣ, съ такими нервами, возможность встрѣчи съ Карчинскимъ и его новою жертвой представилась мнѣ въ самомъ тревожномъ освѣщеніи... Вдругъ выйдетъ что-нибудь скандальное...

Давно ли я бы этому обрадовался, а тутъ жалость и участіе къ Мари заставили меня заволноваться. Эти оба чувства были сильнѣе удовольствія отъ сознанія того, что Карчинскій такъ низко палъ въ ея глазахъ.

— Позвольте мнѣ быть тамъ?— вырвалось у меня.

— Гдѣ, въ маскарадѣ?

Она остановилась передо мной и въ глазахъ ея мелькнуло что-то подозрѣвающее.

— Никто не увидитъ меня: я буду въ мужскомъ домино и маскѣ. Я въ вашемъ интересѣ.

Вѣроятно, голосъ мой меня выдалъ. Мари подумала нѣсколько секундъ и выговорила:

— Благодарю васъ.

Больше мнѣ ничего не нужно было. Я уже не сталъ возвращаться къ мотиву моего неожиданнаго прихода. Да и на что же еще распространяться?... Пускай мои хлопоты теперь оказались ненужными. Они могутъ еще пригодиться. И Леонидова, и отельнаго лакея — все, все надо держать за пазухой...

Я тотчасъ же всталъ и обѣщалъ быть ровно въ двѣнадцать въ клубѣ. На моемъ правомъ плечѣ будетъ красный бантъ.

V

Давно я не попадалъ въ маскарады купеческаго клуба. Малиновая гостиная съ лѣстницей въ верхнее помѣщеніе была для меня новостью. Въ этой малиновой комнатѣ я и сѣлъ на одинъ изъ позолоченыхъ, продолговатыхъ дивановъ.

Маскарадъ только еще начинался. Маски, все больше плохенькія, брели попарно черезъ гостиную въ танцовальную залу, откуда гудѣлъ оркестръ... Я пріѣхалъ послѣ Мари. Она прошла мимо меня. Я всталъ и рукой прикоснулся къ моему красному банту на правомъ плечѣ. Домино окутывало меня такъ, что по фигурѣ и Мари не могла бы узнать меня, а еще менѣе тотъ, на котораго мы оба охотились.

Мари прошла въ большую залу. По ея походкѣ я замѣчалъ въ ней все ту же сильную нервность. Когда она остановилась передо мной, я спросилъ ее шепотомъ:

— Онъ уже здѣсь?

Она отрицательно покачала головой.

Сѣлъ я на одинъ изъ дивановъ въ угловое сидѣнье, такъ чтобы мнѣ видны были всѣ, сходящіе съ лѣстницы. Оттуда являются мужчины,— ихъ вѣшалка наверху,— а женщинъ впускаютъ во второмъ этажѣ.

Ждалъ я добрыхъ полчаса. Кто бы изъ моихъ знакомыхъ,— изъ тѣхъ, которыхъ я давно уже растерялъ,— могъ подумать, что я пріѣхалъ по уговору съ женой въ маскарадъ, служить для нея защитникомъ, если бы что-нибудь вышло? Послѣ того, какъ я прошелъ черезъ столько униженія, после того, какъ она брала любовниковъ затѣмъ только, чтобы извести меня! А я ее сталъ жалѣть, впалъ въ такую глупую, слюнявую чувствительность.

Мало ли что! Жизнь сильнѣе всякихъ нашихъ личныхъ рѣшеній и взглядовъ... Она заставляетъ дѣлать вещи и нелѣпыя, и неизбѣжныя...

Никогда еще, въ первую молодость, не дожидался я никого въ маскарадѣ, да еще подъ душною маской, въ черномъ капюшонѣ на головѣ, какъ я ждалъ того момента, когда на верхней площадкѣ лѣстницы покажется самодовольное, гладкое, лоснящееся лицо Карчинскаго, съ пушистыми бакенбардами, съ широчайшимъ вырѣзомъ жилета и брилліантовою пуговицей посрединѣ пластрона туго накрахмаленной рубашки. Ни одной женщины не ждалъ я такъ, никогда!

По тѣлу моему пробѣжали струйки пріятнаго озноба. Не скверная, хищническая злоба наполняла меня въ тѣ минуты,— нѣтъ, мнѣ не хотѣлось броситься на него, ударить или наговорить дерзостей. Не щекоталъ меня и тотъ фактъ, что вотъ я дождался же такой минуты, когда сама Марья Арсеньевна, заодно со мною, въ презрѣніи къ этому Альфонсу. Не то, или, по крайней мѣрѣ, не одно это. Меня подмывало всего больше то, что я сообщникъ Мари, или, лучше, другъ ея, по своей охотѣ вызвался оберегать ее въ этомъ маскарадѣ, что мои отношенія къ ней измѣнились и такъ быстро.

Тогда я ни одного мгновенія не подумалъ о томъ, какъ можно было бы все это поведеніе перевернуть, на иной взглядъ. Вѣдь, такой мерзавецъ, какъ соблазнитель моей жены, могъ бы сказать: "Да онъ теперь поступилъ въ шпіоны къ собственной женѣ. Вѣдь, она и безъ того содержала его. Прежде онъ ей грозилъ, не давалъ постояннаго вида, потомъ вымогалъ у нея выгодный для себя разводъ; а теперь, когда ея любовникъ обобралъ ее, хочетъ поживиться какъ-нибудь и на его счетъ...".

Развѣ такъ не выходило, глядя со стороны? Я самъ сталъ бы точно такъ объяснять поведеніе каждаго "джентльмена", въ моемъ вкусѣ, еслибъ зналъ въ подробностяхъ его положеніе.

Но мнѣ ничего подобнаго не приходило въ голову, когда я сидѣлъ въ домино и маскѣ на угловомъ сидѣньѣ раззолоченнаго дивана, противъ лѣстницы. Никакой горькій вопросъ, оскорбительный для самого себя, не нарушалъ моего... блаженства.

Это слово почти что не преувеличено. Если и не блаженства, то сладкой тревоги, не испытанной мною пріятной возбужденности, неизвѣданнаго чувства чего-то, похожаго на полную жертву собою, остаткомъ своего достоинства, чести, послѣднимъ кускомъ хлѣба...

Позади меня шуршали шаги и длинные подолы масокъ, и среди ихъ я чувствовалъ присутствіе Мари. Она не могла же не подумать хоть изрѣдка обо мнѣ. Въ ней пропало прежнее недовѣріе. За что же ей презирать меня еще болѣе? Я, вѣдь, ничего отъ нея не требую. Да еслибъ она и заподозрила меня, пускай даже самымъ позорнымъ подозрѣніемъ, это было бы для меня еще слаще.

Точно что-то дернуло меня,— я завидѣлъ у поворота на верхнюю площадку плотную мужскую фигуру.

Онъ спускался, покачиваясь на бедрахъ, и натягивалъ перчатку. Лицо стало еще салистѣе, довольнѣе и нахальнѣе... чуть замѣтная сѣдина на вискахъ... Бакенбарды, навѣрное, выкрашены. Карчинскій остановился и прищурилъ глаза,— красные, масляные, глаза настоящаго Альфонса.

Развѣ я былъ когда-нибудь имъ? Ну, сдѣлалъ гадость,— ну, жилъ на чужой счетъ, превратился въ тунеядца, во что хотите,— но никогда не способенъ я былъ на такое закоренѣлое хищничество.

Скажутъ: "да, оттого, что умишка не хватало!"

Можетъ быть; но, все-таки, я — не этотъ Альфонсъ... Нѣтъ, нѣтъ и нѣтъ!

Онъ сошелъ внизъ и сталъ отъ меня на разстояніи двухъ аршинъ, застегнулъ перчатку на обѣ пуговицы, оправилъ прическу, вздернулъ pince-nez и посмотрѣлъ направо и налѣво. Тотчасъ же отъ рояля, стоящаго у стѣны, отдѣлилась маска, отряхнулась и быстро подошла къ нему.

Я сказалъ себѣ: "это не та рыхлая барыня, съ которою онъ видится въ отелѣ; это просто такъ... маскарадная дѣвчонка!"

И я не ошибся. Стоило только разобрать, какъ она была одѣта. Эти сквозные рукава изъ чернаго тюля съ прошивками, вырѣзанный низко бархатный корсажъ, прическа съ цвѣтами, безъ капюшона, почти совсѣмъ открытое, молоденькое лицо, съ короткою маской, безъ кружевной бородки.

Ошибиться было трудно.

Онъ взялъ ее за обѣ руки и наклонился низко къ ея лицу; можно было подумать, что поцѣловалъ ее въ щеку. Потомъ отвелъ къ тому мѣсту, откуда она подбѣжала, присѣлъ очень близко и что-то говорилъ на ухо.

До меня долетѣлъ ея вопросъ молодымъ, но уже хрипловатымъ голосомъ:

— Не надуешь?... Въ два часа?...

Опять онъ наклонился къ ея уху. Мнѣ было все понятно. Онъ пріѣхалъ, конечно, не для нея; но радъ былъ встрѣтить ее здѣсь. Это одна изъ тѣхъ мелкихъ кокоточекъ, что записаны въ его книжкѣ, которую показывала Мари. Свиданіе у него — съ тою барыней, если только сама Мари не вызвала его въ маскарадъ. Можетъ быть, и то, и другое.

Послѣ двухъ-трехъ фразъ, сказанныхъ еще на ухо маскѣ, онъ, съ покачиваніемъ на бедрахъ и продолжая оглядываться, пошелъ мимо меня. Тутъ я, какъ ни крѣпился, не выдержалъ, всталъ и остановилъ его.

— Будь остороженъ!— таинственно проговорилъ я.

— Въ чемъ?— спросилъ онъ меня со своею сладковатою усмѣшкой.

Я вспомнилъ, какъ этотъ грабитель глупыхъ бабъ — сантиментальныхъ или, просто, развратныхъ — отдѣлывалъ меня, въ моемъ собственномъ кабинетѣ, съ высоты своего рыцарства, какъ онъ, по пунктамъ, выставлялъ мою гнусность и, предлагая мнѣ дуэль,— онъ зналъ, что я не приму ея,— мнѣ, оскорбленному мужу, въ то же время, стращалъ меня вмѣшательствомъ высокопоставленныхъ лицъ.

Но не злобность заставила меня встать и остановить его, какое-то другое чувство. Меня испугала мысль, что тутъ, на этомъ маскарадѣ, Мари опять сойдется съ нимъ, будетъ вымаливать у него ласки, изъ милости, забудетъ про то, что въ ней клокотало часъ назадъ въ разговорѣ со мною.

— Тебѣ могутъ устроить ловушку,— сказалъ я.

— Скажите пожалуста!...

Этотъ насмѣшливый возгласъ заставилъ меня строже выговорить:

— Оставь свое фатовство, лучше скажи мнѣ спасибо. Здѣсь твоя жертва... Она давно все знаетъ.

Фамиліи Мари я не назвалъ. Онъ пристальнѣе вглядывался въ меня сквозь pince-nez. Голосъ мой измѣнился, да и врядъ ли могъ онъ и подумать, что это отставной мужъ Мари.

— Тебѣ нужно что-нибудь за это сообщеніе?— спросилъ онъ уже невыносимо-нахально, точно въ самомъ дѣлѣ узналъ меня.

— Что мнѣ нужно, то будетъ сегодня сдѣлано. Иди, я тебя больше не задерживаю.

Онъ пожалъ плечами, въ носъ разсмѣялся и пошелъ къ танцовальной залѣ.

Я не смутился тѣмъ, что мое поведеніе дѣлалось глупо. Зачѣмъ я его останавливалъ? Теперь мнѣ кажется это дѣтски-наивнымъ, но тогда я чего-то хотѣлъ, чему-то помогалъ.

Какъ только онъ сдѣлалъ отъ меня нѣсколько шаговъ, я всталъ и пошелъ за нимъ слѣдомъ, но на разстояніи. Масокъ прибывало и между ними, туда и назадъ, двигалось нѣсколько паръ. Дѣлалось тѣснѣе ближе къ танцовальной залѣ, особенно въ проходѣ, около арки, гдѣ двое дверей, изъ гостиной и изъ маленькой комнаты, передъ дамскою уборной.

Оркестръ игралъ вальсъ "Freut euch des Lebens". Онъ мнѣ напомнилъ то время, когда я, въ этой самой залѣ и подъ звуки этого же вальса, гулялъ съ Мари, пріѣхавшей тайно отъ родныхъ, въ ту зиму, когда я былъ съ ней въ связи.

Крупная фигура Карчинскаго двигалась медленно, аршинахъ въ четырехъ передо мною. Но я быстро оглядѣлъ залу и тотчасъ же увидалъ Мари. Она стояла около прилавка съ благотворительною лотереей аллегри и уже замѣтила Карчинскаго. Около двери въ гостиную, что въ правомъ углу, его остановило домино все въ кружевахъ, небольшаго роста, пухлое. Это была та барыня: жертва номеръ второй. Онъ взялъ ее подъ руку и повернулъ къ оркестру. На ухо онъ ей сталъ говорить не съ такою миной, какъ дѣвочкѣ въ малиновой гостиной... Сейчасъ же явилась фальшивая складка. Голову держалъ онъ въ полъоборота и прислушивался къ тому, что ему говорятъ.

Маску свою повелъ онъ, держась правой стороны. Должно быть, она пожелала взять нѣсколько билетовъ. Вотъ они въ двухъ шагахъ отъ Мари. Я пришелъ въ волненіе.

Вдругъ выйдетъ что-нибудь? Мари можетъ сорвать съ той маску, ударить ее по лицу. Онѣ обѣ могутъ вцѣпиться другъ другу въ волосы. Женщины на все способны въ припадкѣ ярости. Я самъ былъ свидѣтелемъ одной такой сцены къ маскарадѣ Большаго театра. И обѣ были въ богатыхъ кружевныхъ домино.

Сердце начало сильно стучать въ моей груди. Вотъ Мари отдѣлилась отъ прилавка, быстро подошла къ нему. Онъ въ эту минуту освободилъ руку своей дамы: та развертывала билетики аллегри.

Неужели будетъ сцена? Нѣтъ, Мари просунула ему руку, что-то сказала его дамѣ и повела его къ оркестру. Я издали чувствовалъ, что не онъ ее повелъ, а она его. Онъ ускорилъ шагъ: должно быть, сейчасъ узналъ ее; мнѣ показалось даже, что онъ сразу покраснѣлъ. Его толстая маска посмотрѣла имъ вслѣдъ, взяла еще нѣсколько билетовъ и отошла отъ прилавка къ сторонѣ двери въ голубую гостиную. Показалось мнѣ также, что онъ на-ходу успѣлъ ей сдѣлать знакъ и она пошла ждать его.

Я ее прослѣдилъ глазами до двери въ голубую гостиную. Мари повела своего кавалера изъ залы черезъ проходную комнатку, передъ уборной. Я пересталъ бояться за нее. То, что ей нужно сказать ему, пускай говоритъ, только бы не унижала себя; а если онъ ее чѣмъ-нибудь оскорбитъ, если нужно будетъ выместить на немъ эту новую обиду,— у ней есть вѣрный другъ.

Меня тянуло къ толстому домино. Оно сѣло въ амбразурѣ окна. Тамъ стояло еще одно свободное кресло.

Я сѣлъ въ него. Тотчасъ же разобрала меня охота заговорить съ ней, смутить ее, сказать ей, что мнѣ извѣстна ея связь.

— Мужъ твой здѣсь?— началъ я прямо — маскараднымъ, безцеремоннымъ тономъ.

Она быстро повернула голову, укутанную въ кружева. Сквозь него заблисталъ крупный бриллiантъ въ лѣвомъ ухѣ. Сидя рядомъ, я еще яснѣе видѣлъ, что это рыхлая, уже не молодая женщина, съ жирнымъ подбородкомъ и довольно вкуснымъ ртомъ.

Сразу маска мнѣ не отвѣтила.

— Какой мужъ?

— Твой!— выговорилъ я еще рѣшительнѣе.

— Ты его знаешь?— сказала она не совсѣмъ увѣренно.

Я ожидалъ болѣе смѣлаго тона.

— Знаю, да и тебя знаю...

— Будто бы?— отшутилась она.

Ея глаза обратились съ вопросомъ къ двери въ большую залу.

— Да ты не волнуйся!— продолжалъ я,— та маска еще подержитъ его съ полчаса.

— Будто?... А ты ее знаешь?

Вопросъ былъ уже совсѣмъ искреннiй. Въ немъ зазвучала страсть сорокалѣтней женщины.

— Меньше, чѣмъ тебя...

— Вотъ это забавно...

И она сдѣлала движенiе, точно хотѣла подняться.

Я взялъ ее за руку, полную, довольно прiятную, въ длинной

перчаткѣ со множествомъ браслетъ. Отъ ея корсажа пахло духами "Chypre".

Она не отдернула руки, но всѣмъ туловищемъ немного отодвинулась

— Да полно, маска, я, вѣдь, не шутки съ тобою шучу... Мнѣ тебя жалко.

— Жалко?

— Ты губишь себя изъ-за этого... Альфонса.

— Какого?...

— Карчинскаго!

— Какъ ты смѣешь?...

Она не докончила. Все ея жирное тѣло заколыхалось.

— Я съ нахалами...

Я ей не далъ докончить.

— Не бранись,— остановилъ я ее.— Ты посиди; вѣдь, онъ придетъ сюда, если интересуется тобой. Ему нельзя не побыть съ тобой хоть до двухъ. Ты позднѣе, вѣдь, не можешь, скажи правду?

— До двухъ...— повторила она.— Ты такъ, на-авось сказалъ?

Но я уже чувствовалъ, что ее забираетъ мое интригованье.

— Нѣтъ, не на-обумъ. Тебѣ надо быть въ два часа дома, для отвода подозрѣній. Тотъ твой кавалеръ отлично зналъ это и у него уже слаженъ ужинъ и встрѣча здѣсь, ровно въ два часа.

— Съ тою маской?

Грудь ея еще сильнѣе заколыхалась.

— Нѣтъ, съ другой,— такъ, съ дѣвчонкой изъ дешевенькихъ.

— Ты лжешь!

Она быстро поднялась.

— Хочешь, я тебѣ укажу эту дѣвчонку? Можешь сама ее допросить.

— Она не скажетъ.

— Ну, потребуй, чтобъ онъ тебя довезъ до дому.

— Потребую!

У ней это слово вырвалось порывисто.

— Увидишь, что онъ станетъ отговариваться.

— А та маска, которая его увела... ты мнѣ можешь сказать, кто она?

— Бывшая его оброчная статья.

— Какъ?

— Да такъ же, какъ и ты теперь.

— Послушай, ты забываешься.

— Нисколько, вѣдь, въ маскарадѣ мы на особыхъ правахъ.

Ты меня не видишь, даже не можешь знать, мужчина ли я. А вдругъ какъ женщина, большаго роста, въ сапогахъ?

— Ты, все-таки, не смѣешь.

— Полно. Тебя уже разбираетъ адское любопытство. Я жалѣю тебя; ты попалась въ ловушку. Это кончится печально.

— Скажи, какъ,— интересно узнать?

— Какъ?...Ты проживаешься на него, тайно надаешь векселей, если мужъ твой не накроетъ васъ, прежде чѣмъ Карчинскій не запутаетъ тебя совсѣмъ.

— Мужъ мой?

— А ты думаешь... это очень мудрено?

— Я не знаю, о чемъ ты говоришь.

Я расхохотался и такъ громко и откровенно, что въ ея взглядѣ промелькнулъ испугъ.

— Да кто же ты?

— Сыщикъ!

— Кѣмъ подосланъ, мужемъ? Онъ ничего не знаетъ и ни о чемъ не догадывается.

— Дай срокъ, узнаетъ.

— Довольно!— почти гнѣвно сказала она и на этотъ разъ поднялась окончательно.

— Вчера, въ девять часовъ, ты была въ отелѣ, на Морской, съ Карчинскимъ; у васъ квартира нанята помѣсячно.

Я назвалъ номеръ.

Маску всю передернуло. Она наклонилась ко мнѣ и шепнула:

— Молчи! Пойдемъ со мною туда, въ залу.

Я подалъ ей руку. Она вся вздрагивала.

— Что тебѣ нужно?— шепнула она въ толпѣ, — скажи мнѣ лучше сразу... Хочешь, чтобъ я откупилась?

Этотъ вопросъ нисколько не задѣлъ меня.

— Откупайся!— отвѣчалъ я изъ задорнаго чувства противъ женщины вообще.

— Ты серьезно говоришь?

— Только смотри,— продолжалъ я, — не придется ли тебѣ откупаться и у твоего друга. У него, навѣрное, есть твои письма?

— Есть.

Она это сказала, не съумѣвъ подавить вздохъ.

— И разводъ онъ тебѣ обѣщалъ?

— Мы должны были оба освободиться.

— Ты — развестись съ мужемъ, онъ — съ женой?

— Да!

— И для этого онъ видается съ тобой въ томъ самомъ отелѣ,

гдѣ другой мужъ засталъ его съ своею женой? То же будетъ и съ вами! Ты видишь, каковъ онъ, этотъ...

Она не дала мнѣ докончить.

— Вонъ онъ!

Мы стояли уже въ дверяхъ малиновой гостиной. Мари съ Карчинскимъ сидѣли у окна. Она, въ большомъ волненіи, что-то ему говорила. Онъ опустилъ голову и усмѣхается. Подлая эта усмѣшка вызвала во мнѣ приливъ крови къ головѣ. Меня стало даже душить.

— Это, вѣдь, она?— порывисто шепнула мнѣ маска.

— Кто?

— Ну, та, которую онъ бросилъ?

— Ты ее знаешь?

— Я не видала ее никогда, но мнѣ говорили... Самъ онъ клянется, что только освободилъ ее отъ негодяя мужа, грязнаго шантажиста.

— Да, освободилъ!— вырвалось у меня.

Я чуть не разсмѣялся истерически.

— Это она?— еще разъ спросила маска.

— Можетъ быть, подойди, узнай!

Я это говорилъ точно внѣ себя. Мнѣ стало такъ нестерпимо больно, что я самъ наталкивалъ эту женщину на сцену, гдѣ Мари могла пострадать. Не изъ злораднаго чувства къ ней дѣлалъ я, это,— о нѣтъ!— а изъ желанія, чтобъ этотъ негодяй былъ, наконецъ, уличенъ, поставленъ между двумя своими жертвами.

Но я тотчасъ же устыдился. Если бы моя маска и кинулась къ ней, я бы ее силой удержалъ.

Насъ отдѣлялъ отъ той пары диванъ, такой же, какъ тотъ, гдѣ я сидѣлъ вначалѣ, противъ лѣстницы.

Мари вдругъ подняла голову. По особому движенію горла я догадался, что она сдерживаетъ рыданія. Она увидала меня, нагнулась къ нему, что-то быстро сказала и такъ же быстро встала. Поднялся и онъ. Мари пересѣкла гостиную, подошла къ намъ, взяла меня за руку.

Я высвободилъ другую руку и сказалъ маскѣ:

— Иди къ нему; онъ тебя ждетъ. Тебѣ немного остается времени: въ два часа у него свиданье съ той... кокоткой.

Обѣ они воззрились одна на другую. Но Мари не могла почти говорить и сильно оперлась на мою руку. Она была близка къ припадку.

— Иди же!— бросила и она маскѣ.

Та, какъ ни въ чемъ не бывало, сдѣлала мнѣ кивокъ головой и, отходя, выговорила:

— Вы, должно быть, съ ней изъ одной шайки...

Мы все стояли.

— Мнѣ нехорошо,— шепнула Мари,— проводите меня... Я ѣду... скорѣй, скорѣй...

Я довелъ ее до гардеробной. Отпустить ее одну я не могъ. Мари позволила мнѣ проводить ее до ея квартиры, въ каретѣ.

Какъ только мы очутились въ ней, Мари, вмѣсто рыданій, которыхъ я ждалъ, вся выпрямилась и гнѣвно сказала мнѣ:

— Что это сказала та... толстая? Почему мы съ вами изъ одной шайки? Стало быть, вы ей болтали что-нибудь? Господи! этого еще не доставало!

Я не хотѣлъ лгать, передалъ ей, какъ я ее интриговалъ. Когда я началъ говорить, то мнѣ самому мое поведеніе представилось нелѣпымъ, пошлымъ. Мари не дала мнѣ даже кончить. Она обрушилась на меня, начала винить меня въ желаніи вмѣшаться въ ея счеты съ Карчинскимъ, съ полною гадливостью выставляла всю дрянность моихъ поступковъ.

— Какую роль вы во всемъ этомъ играете?— спрашивала она.— Зачѣмъ вы вмѣшиваетесь? Кого и что вы спасаете? Меня, что ли?... Такъ я не нуждаюсь въ этомъ... Оставьте меня... Отъ васъ идетъ все несчастіе моей жизни! Вы — гадкій, презрѣнный!...

Ничего я не отвѣтилъ ей, такъ-таки ни одного слова. Я сидѣлъ, прижавшись въ уголъ; дрожь пробѣгала по моей спинѣ; я смотрѣлъ сквозь запотѣлое стекло на мельканіе газовыхъ рожковъ и безсмысленно считалъ ихъ.

Что могъ я ей говорить? Она была внѣ себя. Я понималъ, съ чѣмъ она возвращалась... Она сдѣлала ему сцену, сразу вылила все свое презрѣніе и негодованіе. А онъ ловко выдержалъ это, не оправдывался, молчалъ и перетерпѣлъ... Но въ ней страсть еще кипѣла. Не презирать его она не можетъ, но ее всего больше возмущала его "подлость", какъ любовника, а не какъ человѣка.

Еслибъ я, желая уронить его окончательно, въ ея глазахъ, напомнилъ ей еще разъ, что этотъ грязный сатиръ назначилъ свиданіе плохенькой дѣвчонкѣ, она была бы рада такому напоминанію... Стало быть, и новую свою жертву онъ также мѣняетъ на первую попавшуюся маскарадную проститутку!...

Да, я все понялъ, молчалъ и даже замеръ на мѣстѣ, когда карета подъѣзжала къ ея дому.

Я первый выскочилъ — позвонить и ждалъ. Мари еле дала

себя высадить изъ кареты, не пожала мнѣ руки, не сказала ничего, кромѣ самаго холоднаго:

— Прощайте!...

И потомъ съ нескрываемою гадливостью обернулась въ сторону кучера и сказала:

— Отвезите этого барина куда онъ скажетъ.

И я сѣлъ. Я не могъ отказаться. Мнѣ особенно горькое наслажденіе доставило проѣхать еще немного въ той самой каретѣ, гдѣ я сейчасъ былъ вмѣстѣ съ нею. Она оставила послѣ себя запахъ своихъ духовъ, столько лѣтъ мнѣ извѣстный. Я чуть не заплакалъ. Что за бѣда, что въ этой же каретѣ за пять минутъ до того она такъ уничтожала меня; что за бѣда, что она ни единаго мгновенія не подумала о томъ: какое же во мнѣ-то говорило чувство, почему я "вмѣшиваюсь" въ ея исторію, изъ какихъ побужденій?

Я — гадкій, презрѣнный!... Нужды нѣтъ.

Моя нелѣпая роль дорога моему сердцу. Весь прожитой день былъ рядомъ нелѣпостей,— я это сознаю,— нелѣпостей и ненужныхъ вещей. Къ чему всѣ мои тайныя сношенія съ господиномъ Леонидовымъ, и подкупъ прислуги въ отелѣ, и визитъ къ Мари, и этотъ маскарадъ?... Связи нѣтъ! Смысла нѣтъ! Она не нуждается въ моемъ добровольномъ шпіонствѣ; она все сама знаетъ и ей, дѣйствительно, вдвое тяжелѣе пришлось отъ моего участія въ ея позорѣ. Этого ни одна женщина не проститъ... А я долженъ былъ знать это!...

И, все-таки, я ѣхалъ до дому въ сладкомъ умиленіи. Иначе я не могу опредѣлить мое чувство. Я теперь знаю, какъ Мари дорога мнѣ. Я жажду чего-то, совсѣмъ для меня новаго... Пускай она будетъ отталкивать меня... Теперь-то и долженъ я быть тутъ, около нея, не требуя ничего въ награду. Не можетъ быть, чтобы, придя въ себя, она не подумала: "Въ немъ заговорило что-нибудь хорошее". А не подумаетъ, заклеймитъ меня еще большимъ презрѣніемъ,— я и это снесу. Я у ней въ долгу, и она права, что неудачи ея жизни пошли отъ меня...

Когда кучеръ остановилъ лошадей у нашего подъѣзда и я, выскочивъ на тротуаръ, протянулъ ему бумажку, эта рублевая ассигнація обожгла мнѣ руку.

Вѣдь, и эта бумажка была изъ денегъ Мари, данныхъ мнѣ, какъ откупъ отъ мужа-шантажиста...

И я еще удивляюсь, что она излила на меня всю ярость покинутой и обобранной женщины!

VI

Двѣ недѣли не видалъ я Мари. Она куда-то уѣхала. Сдѣлалось это неожиданно. Когда я, черезъ два дня послѣ маскарада, написалъ ей большое письмо, оно осталось безъ отвѣта. Я не жаловался въ немъ на нее; во всемъ обвинялъ я самого себя. Она вправѣ была такъ клеймить меня, даже еслибъ и не находилась въ полуистерическомъ припадкѣ...

Развѣ я не "гадкій", не "презрѣнный"?... Я не оправдывался, не напоминалъ ей въ этомъ письмѣ ея прошлаго, ея долгой мстительности, ея преступныхъ замысловъ. Я просилъ объ одномъ: не отталкивать меня, забыть, что я ея мужъ, не подозрѣвать во мнѣ никакихъ разсчетовъ. Она — безпомощна,, нуженъ хоть одинъ вѣрный человѣкъ.

Письмо мое способно было бы растрогать всякую женщину, — всякую, только не ее... Отвѣта я такъ и не получилъ. Узналъ я, что Мари прописалась отъѣзжающей въ Москву.

Я сталъ ждать.

Съ меня каждый день спадала точно какая-то шелуха. Сегодня одна чешуйка опадетъ, завтра другая. Я чувствовалъ, что могу прощаться съ моимъ прошлымъ. Оно было пошло, грязно, всего болѣе жалко; но оно меня уже не тянуло къ себѣ такъ, какъ прежде, какъ еще мѣсяцъ тому назадъ...

Мой сосѣдъ Леонидовъ былъ удивленъ внезапнымъ прекращеніемъ нашего "дѣла". Онъ успѣлъ собрать еще весьма цѣнныя свѣдѣнія о новой любовной связи Карчинскаго. Подкупъ прислуги въ отелѣ оказался также ни къ чему. Я отдалъ ему за труды почти все, что у меня оставалось. Поскорѣе хотѣлъ я раздѣлаться съ этими деньгами, послѣдними, принятыми отъ Мари. У меня осталось нѣсколько рублей.

Они будутъ послѣдніе: я это говорю смѣло, и не потому только, что Мари прожилась и ей трудно было бы выплачивать мнѣ мою субсидію.

Надо "пересѣдлать". Такъ выражался обыкновенно одинъ мой однокурсникъ, перешедшій къ намъ изъ Дерпта. Пересѣдлать значило на его жаргонѣ — перейти съ одного факультета на друой: былъ естественникъ, сталъ юристъ, или наоборотъ.

Такъ и я. Чувствую, что пришло время пересѣдлать...

Я по привычкѣ, да и для сокращенія расходовъ на свѣчи, лежалъ у себя въ сумеркахъ. Въ комнатѣ стало совсѣмъ темно. Думалъ я, куда же идти за работой: въ контору или просто "публиковать себя въ газетахъ? На это у меня еще хватитъ Нннсовъ.

Во что идти? Для какихъ услугъ рекомендовать себя? Во все... вѣдь, я съ университетскимъ дипломомъ администратора. Въ свидѣтельствѣ на дѣйствительнаго студента стоитъ много предковъ: и политическая экономія, и международное право, и боословіе, и французскій языкъ...

Да чего же проще и прямѣе? По-французски я знаю хорошо, произношеніе у меня не хуже, чѣмъ у Мари; а она можетъ щеголять чистотой и литературностью своего языка... Нынче хорошихъ иностранныхъ учителей мало, или они не знаютъ по-русжи. Что же, буду довольствоваться полтинниками... И проживу! Могу даже предложить занятія по двумъ другимъ новымъ языкамъ. Я давно не говорилъ по-нѣмецки; но я читаю свободно и когда-то порядочно писалъ. Англійскій разговоръ могу вести почти такъ же, какъ по-французски.

Перебиралъ я это въ головѣ и трудъ, возможность прокармливать себя, даже и съ большимъ усиліемъ, вдругъ представить мнѣ,— рѣшительно въ первый разъ на моемъ вѣку,— какъ это-то легкое, совсѣмъ не страшное, какъ что-то такое, безъ чего я задохнулся бы въ теперешнемъ моемъ душевномъ состояніи.

Прежде я не хотѣлъ ничего дѣлать, по долгому навыку, по моему хищному безпутству. Я мстилъ, я находился въ постоянномъ нравственномъ возмущеніи. Кому мнѣ мстить теперь? Передъ кѣмъ стыдиться дешевой работы? Въ чиновники я не хочу идти, еслибъ мнѣ и предлагали. Всякое мѣсто въ департаментѣ напоминало бы мнѣ прежняго меня,— того, что числился и нолучалъ чины и велъ жизнь мужа на содержаніи...

Чѣмъ дальше шла моя легкая дума о близкой и возможно работѣ, тѣмъ все больше переплеталась она съ образомъ Мари.

Вѣдь, она если не въ нищетѣ, то близка къ разоренію. Е тоже придется, быть можетъ, не въ далекомъ времени искать мѣста чтицы, гувернантки или учительницы. Врядъ ли она и состояніи будетъ взять на себя серьезный трудъ. Она слаба тѣломъ, анемична, нервы ея расшатаны.

Кто знаетъ?! Придетъ, пожалуй, и такой день, когда мой, хотя самый маленькій, заработокъ пригодится и не для меня одного..

Я такъ былъ близокъ къ ней сердцемъ въ ту минуту, что неизвѣстность — гдѣ она, что съ ней — засосала мнѣ сердце. И ея внезапной поѣздкѣ было что-то зловѣщее. А я, все-таки, вѣрилъ, что мнѣ удастся смягчить ее, когда она вернется. Кто знаетъ, съ чѣмъ она придетъ назадъ?... Она, быть можетъ, и оттолкнетъ руку, протянутую ей "презрѣннымъ" ея мужемъ.

Нервы мои такъ были напряжены, что я ощущалъ въ концахъ пальцевъ особую тревогу... Въ темнотѣ, за перегородкой я различалъ предметы, и пролежи я такъ еще пять минутъ,: бы сталъ видѣть передъ собою сцену моего недалекаго свиданія съ Мари...

Въ дверь постучали. Я вскочилъ. Сердце у меня такъ за билось, что дыханіе сперло въ груди. Я долженъ былъ схватиться за столбикъ перегородки.

Стукъ еще разъ... И стукъ шелъ отъ женской руки.

Въ головѣ завертѣлось многое. Я похолодѣлъ отъ чего-то никогда мной не испытаннаго и съ тѣмъ же замираніемъ сердца пошелъ въ потьмахъ въ двери. Я и не подумалъ зажечь свѣчу. Въ темнотѣ перешелъ я быстро къ двери и когда отворилъ дверь то совершенно невольно протянулъ руки, точно хотѣлъ привлечь къ себѣ ту, кто стоялъ въ корридорѣ. Меня наполняло, вѣроятно чувство, что это — она, Мари, никто другой.

Почти на грудь ко мнѣ упала женщина, въ шелковую платьѣ, я ее удержалъ на нѣсколько секундъ и такъ мнѣ сладко стало.

— Модестъ Ивановичъ, это я!...

Голосъ моей квартирной хозяйки заставилъ меня отступить назадъ.

Она вошла ко мнѣ.

— А вы кого ждали?— игриво спросила она меня, и въ ея голосѣ заслышалъ я ноты удовольствія отъ того, что случилось.

Я чуть не разсердился. Эта женщина стала мнѣ вдругъ противна. Съ трудомъ сдержалъ я свое брезгливое чувство къ хозяйкѣ, ни въ чемъ, однако, не виноватой.

— Можно войти?— спросила она меня уже поскромнѣе.

Я попросилъ ее и тотчасъ же зажегъ свѣчу.

Марѳа Львовна была наряднѣе обыкновеннаго, при часахъ и браслетахъ. Судя по ея возбужденному лицу, она, кажется, вернулась съ веселаго обѣда.

Сама сейчасъ же сѣла на диванъ и пригласила меня жестокъ головы.

Я сѣлъ. Она протянула мнѣ руку. Ея улыбка мнѣ опять не понравилась. Прежде у меня не было такой брезгливости къ этой женщинѣ, хотя я и не отвѣчалъ никогда на ея довольно прозрачныя заигрыванія. Теперь не то.

— Вы это... кого ждали нешто?— спросила она и подмигнула мнѣ.

— Ждалъ?... Съ какой стати?

— Да не меня же вы такъ приняли?... Что-жь, дѣло простое... Вотъ сколько у меня живете, въ комнатахъ, а что-то за вами не замѣчалось ничего... Пора и разрѣшить.

По моему лицу она, однако, догадалась, что мнѣ такой тонъ непріятенъ.

— Вотъ что, Модестъ Ивановичъ, я къ вамъ постучалась... дѣло есть...

Глазки ея остановились на мнѣ съ другимъ выраженіемъ. Лицо приняло оттѣнокъ добрый.

— Вы не бойтесь. Я не для себя; мнѣ съ васъ ничего не нужно.

За квартиру я заплатилъ за два мѣсяца; но на мнѣ опять накопилось за нѣсколько недѣль.

— Вотъ что, Модестъ Ивановичъ,— повторила она еще разъ,— вы, вѣдь, думается мнѣ, соскучились такъ-то, безъ всякаго занятія.

Это "соскучилось" было съ ея стороны очень деликатно.

— Еще бы!— выговорилъ я.

— У меня для васъ есть занятіе.... кажется, самое подходящее.

Я украдкой взглянулъ на нее. Неужели она пришла сдѣлать мнѣ это предложеніе такъ, безкорыстно?... А почему же бы нѣтъ? Марѳа Львовна меня "одобряетъ", какъ выражается наша корридорная горничная, но я ей ничѣмъ не подавалъ повода къ мысли, что готовъ принять отъ нея даровое содержаніе, жалѣетъ меня! Этимъ обижаться нечего.

— Благодарю васъ, Марѳа Львовна.

Она еще ближе подсѣла ко мнѣ и оживленно заговорила:

— Мѣсто хорошее. У насъ новый постоялецъ, контористъ холостой, бухгалтеромъ въ большой конторѣ, на Острову, пять тысячъ жалованья. Такъ вотъ я съ нимъ разговорилась. Вы, вѣдь, на трехъ языкахъ умѣете и говорить, и писать, нихъ можно имѣть, хоть сейчасъ, работу, переписку, что ли; вѣсти и переводить... по ихней части, письма, депеши. Можно на первыхъ же порахъ до ста рублей заработать въ мѣсяцъ, заниматься до четырехъ. Модестъ Ивановичъ, а? Идетъ?...

Все это было сказано съ такимъ удовольствіемъ, что я пожалъ ей руку. Я пересталъ ее подозрѣвать въ личныхъ видахъ на меня. Какъ хозяйка, она могла быть очень рада такой случаю заработка. Постоялецъ ея будетъ отъ этого аккуратнѣе на расплату.

— Спасибо!

Я еще разъ пожалъ ея руку. Она обѣщала завтра же свести насъ съ тѣмъ контористомъ. Уходя, она никакихъ сладкихъ взглядовъ на меня не кидала. Только у самой двери шепнула на ухо:

— Вы держите это въ секретѣ. А то тѣ,— она кивнула и сторону комнаты моего сосѣда,— червонные-то валеты забѣгутъ, пожалуй, перебивать будутъ.

Весь вечеръ я ходилъ въ сильномъ возбужденіи по комнатѣ до поздняго часа.

Работа! Что же можетъ быть проще? И такъ она прямо кстати, эта работа, дающая полный міръ душѣ, свободу и достоинство. Эти слова сами слетаютъ съ пера; а еще такъ и давно они казались бы мнѣ такими глупыми и смѣшными.

Сто рублей. Я проживу на себя не больше пятидесяти. Вѣдь если это все такъ случится, я могу копить. Да, копить, и кто знаетъ, быть можетъ, мои деньги я снесу Мари въ такую и рѣшительную минуту, въ какую постучалась ко мнѣ Марѳа Львовна?

VII

Еще двѣ недѣли прошли для меня въ совсѣмъ новой жизни, каждый день ѣзжу на Островъ, по желѣзно-конной. Въ началѣ десятаго я уже тамъ; встаю до восьми, со свѣчой, ложусь не позднѣе двѣнадцатаго. И почему я такъ долго боялся трудоваго ярма? Хоть и случалось, въ послѣдній мой годъ, какъ будто искать работы, но я это дѣлалъ только такъ, даже не для успокоенія совѣсти, а больше отъ скуки.

Теперь день за днемъ катятся точно по рельсамъ, даже забываю считать дни и числа. Въ конторѣ мнѣ удобно, патронъ обошелся сразу весьма вѣжливо даже, не безъ аттенціи, не хуже, чѣмъ бывало въ департаментѣ начальникъ отдѣленія. У меня конторка въ отдаленномъ углу большой залы, за перегородкой. Въ день надо перевести или написать до тридцати писемъ. Въ первые дни я затруднялся; потомъ пошло, точно я вѣсь свой вѣкъ велъ купеческую и банкирскую переписку.

До обѣда голова моя ничѣмъ не занята, кромѣ этого, почти механическаго, труда... Мнѣ даже доставляетъ удовольствіе ставить самыя кудрявыя конторскія выраженія въ началѣ и концѣ каждаго письма, на всѣхъ трехъ языкахъ. Я и почерку своему сталъ придавать конторскій характеръ... Но какъ только я послѣ обѣда останусь въ своей комнатѣ, сейчасъ же моя мысль идетъ туда... въ Москву, или дальше, гдѣ находится моя жена.

Гдѣ она, я не знаю. Не одинъ и не два раза заходилъ я въ Захарьевскую и возвращался ни съ чѣмъ. Мой сосѣдъ Леонидовъ иногда завернетъ во мнѣ. Я не могу его выпроважить. Раза два онъ у меня вытягивалъ по зелененькой. На вопросы по части выслѣживаній онъ скромничалъ, но въ его глазахъ есть всегда нѣчто говорящее: "я къ вашимъ услугъ!..." Не скажу, чтобы мнѣ противно было его видѣть... Странную возбуждаетъ онъ въ мозгу связь идей. Въ лицѣ его всплываютъ передо мною тѣ дни, когда я принялся за помощь Мари противъ Карчинскаго. Отель вспоминается мнѣ, ресторанъ Мейнера, лихачъ, мчавшій меня на Захарьевскую, разговоръ передъ маскарадомъ, то, что я выслушалъ отъ Мари въ каретѣ. Съ тѣхъ поръ я, вѣдь, и началъ жить по-другому, по-новому... въ моемъ переходѣ къ этой другой жизни участникомъ былъ Леонидовъ.

Также точно и хозяйка, Марѳа Львовна, напоминаетъ мнѣ Мари... Я даже сталъ находить, что у нихъ есть что-то общее въ турнюрѣ, хотя одна — полненькая, а другая — сухощавая. Но въ сумерки, когда я вскочилъ, услыхавъ стукъ въ дверь, протянулъ въ темнотѣ свои руки и прижалъ ее къ груди, безпрестанно возвращаются въ воображеніи, волнуютъ меня, не даютъ покоя. Правда, Марѳа Львовна не дѣлаетъ мнѣ никакихъ намековъ и очень рѣдко заходитъ; но ея взгляды — все такіе же нѣжные. Она мнѣ не противна, но это влеченіе, слишкомъ ясное и прозрачное, вызываетъ во мнѣ тревожное и горькое чувство: почек же не можетъ вернуться во мнѣ моя жена? Чѣмъ же такая Марѳа Львовна ниже ея?... Если она и не строгихъ правилъ, то врядъ ли продажна. Она способна на увлеченія, на деликатность, на жертву. Ея симпатія ко мнѣ совершенно безкорыстна. Она не можетъ не понимать того, что я не отвѣчу на ея увлеченіе ко мнѣ такъ, какъ она желала бы. Развѣ я способенъ былъ бы сдѣлать для нея то, на что пойду для Мари?... И послѣ всего, что накопилось между нами, послѣ ея долгой злобы и презрѣнія, послѣ сцены въ каретѣ? Отчего же не могла бы ея вернуться во мнѣ? Вѣдь, я теперь не тотъ "презрѣнный"... И крайней мѣрѣ, въ ней у меня нѣтъ ничего на душѣ, кромѣ... чего?... неужели любви?...

Не знаю; но мучительно жду и тревожусь, когда думаю, гдѣ она, а думаю я каждый день.

———

Какъ это все случилось?... Ея опять нѣтъ и я отпустилъ ее надолго, надолго, быть можетъ, навсегда...

Это случилось днемъ, въ воскресенье.

Я былъ свободенъ отъ моей службы и сбирался пройтись передъ обѣдомъ.

Вбѣгаетъ во мнѣ наша корридорная дѣвушка и стремительно такъ спрашиваетъ:

— Можно къ вамъ барыню принять?

— Какую?... Марѳу Львовну?— спрашиваю я.

— Нѣтъ, съ воли!...

И подаетъ мнѣ карточку съ моимъ фамильнымъ гербомъ "Марья Арсеньевна Самуилова".

Мари!...

Я еще не совсѣмъ покончилъ свой туалетъ и ужасно засуетился, не могъ найти щетки, покраснѣлъ и впопыхахъ сталъ натягивать на себя визитку.

— Просить; что ли?— приставала горничная.

— Просите!...

Руки у меня дрожали. Мари — у меня. А еще за два дня передъ тѣмъ я совсѣмъ потерялъ всякую надежду узнать, гдѣ она и скоро ли вернется. Вся мебель была изъ ея квартиры кѣмъ-то перевезена въ кокоревскій складъ, на Лиговкѣ, квартира сдана другимъ жильцамъ, даже и швейцара нашелъ я новаго и онъ рѣшительно ничего не зналъ про "мадамъ, что жила нумерѣ восьмомъ".

Я такъ былъ смущенъ и обрадованъ, что не рѣшился выскочить въ корридоръ. Какая-то особая стыдливость овладѣла мною... Вдругъ кто-нибудь увидитъ насъ съ ней, у дверей, въ корридорѣ, изъ жильцовъ, Леонидовъ, хозяйка?...

Я застегнулся и ждалъ посрединѣ комнаты. Мой нумеръ показался мнѣ такимъ нищенскимъ, не порядочнымъ, хотя я поддерживаю въ немъ большую чистоту. Мари не сразу вошла,— снимала свою шубку у вѣшалки корридора.

Она у меня; у меня въ нумерахъ, одна!... Вошла она быстро, съ веселымъ, почти игривымъ лицомъ, въ новомъ, полурожномъ, свѣтлопесочномъ туалетѣ и высокой шляпкѣ съ немъ. Очень похорошѣла и посвѣжѣла...

Вошла и сама первая протягиваетъ мнѣ свою изящную руку

въ длинной шведской перчаткѣ, улыбается и говоритъ по-французски:

— Не ожидали?

— Нѣтъ!— радостно-глупо вырвалось у меня.

Я еле воздерживался отъ того, чтобы не схватить ее за обѣ руки и не привлечь къ себѣ. Но глаза Мари, на этотъ разъ всѣмъ безъ красноты, обдали меня холодомъ. Нельзя было прикоснуться къ ней, развѣ поцѣловать одну изъ рукъ.

Не сдѣлалъ я этого опять изъ стыдливости.

— Сядьте! Я такъ радъ, — смущенно, почти шепотомъ выговорилъ я и подвелъ Мари къ моему полинялому репсовому дивану.

Она была настолько деликатна, что не оглянула комнаты, не бросила взгляда и на этотъ диванъ, гдѣ на самомъ сидѣньѣ, не по моей винѣ, расползалось давнишнее масляное пятно.

— Вы знаете,— начала она пріятельскимъ, бойкимъ тономъ,— на пути...

— Куда?

— За границу...

Тутъ я сразу понялъ цѣль ея визита: ей нужно было и разрѣшеніе для иностраннаго паспорта.

Я, должно быть, мгновенно поблѣднѣлъ. Мари немного пододвинулась ко мнѣ, протянула мнѣ опять правую руку и продолжала все тѣмъ же тономъ:

— Вы на меня не сердитесь?

— За что?

— А за сцену послѣ маскарада?... Пожалуйста, забудьте, мой другъ. Тогда нервы расходились и только...

— Полноте!

Я чуть не заплакалъ; но Мари этого не почувствовала.

— Я цѣню ваше поведеніе. Сама я не могла бы быть такою великодушной, увѣряю васъ. И вотъ я прошу васъ забыть совсѣмъ наши счеты... Вы готовы?...

— Еще бы!...

На этотъ разъ слезы задрожали слишкомъ явственно въ моемъ голосѣ. Чтобы скрыть ихъ, я нагнулся и прильнулъ губами къ рукѣ Мари... Она не дрогнула.

— Вы меня трогаете...— продолжала она.— Повѣрьте, я съумѣю это оцѣнить. Прежнія глупости, разныя иллюзіи вылетѣли у меня изъ головы и отсюда...— Она указала на сердце.— О, теперь, въ эти два-три мѣсяца, совсѣмъ преобразилась.

И она засмѣялась, но такимъ звукомъ, что у меня пошли по спинѣ мурашки.

— Я теперь опытная!— вскричала она очень громко, такъ что Леонидовъ могъ все слышать за стѣной.

Вопросъ жегъ мнѣ языкъ: "а что же ваша страсть къ тому... къ Карпинскому?"

Мари точно поняла это и сказала съ особою презрительной миной.

— Я сама смѣюсь теперь надъ моею пассіей,— она это сказала по-русски,— и больше меня уже не поймаютъ...

Тутъ она пріятельски, дѣловымъ тономъ, сообщила мнѣ кратко, скользя по фактамъ, какъ она "ликвидировала" свои средства и рѣшила, для экономіи и чтобъ отдохнуть окончательно поѣхать за границу на весну и лѣто, быть можетъ, и на осень, но не больше, какъ на годъ.

Глаза ея спросили меня, на этотъ разъ ласково и даже кротко: "задержу я ее или нѣтъ?"

Развѣ я могъ это сдѣлать?... Я предупредилъ ея просьбу:

— Вамъ нуженъ заграничный паспортъ...— сказалъ я даже ей въ видѣ вопроса.

Она такъ и поняла это.

— Благодарю васъ!— съ особенною живостью откликнулась на и тотчасъ же встала.

У меня на душѣ заклокотала буря. Это не преувеличено. Почему же не бросился я передъ ней на колѣни, не удержалъ ее, не поклялся быть ея неизмѣннымъ другомъ? Почему не сталъ умолять пожить здѣсь хоть одинъ мѣсяцъ, дать мнѣ надежду на сближеніе?

Проситься съ ней за границу я не могъ; это бы значило: "возьмите меня опять на свой счетъ".

Мари, отвела меня въ уголъ, къ окну, и шепотомъ кинула:

— Вы, навѣрное, нуждаетесь. Я пріѣхала не съ пустыми руками...

Тутъ я не выдержалъ. Слезы брызнули у меня изъ глазъ... Я почти зарыдалъ. Когда я совладалъ съ собою, я въ горячей тирадѣ, не упрекая ее ни въ чемъ, попросилъ ее не обижать меня больше, не топтать въ грязь. Наивно, по-дѣтски сталъ ей почти хвалиться моимъ мѣстомъ, моимъ заработкомъ, чуть не сказалъ, что на мое содержаніе могли бы мы прожить вдвоемъ.

Она выслушала меня, разсмѣялась, сдѣлала забавную мину ртомъ и сказала:

— Не увлекайтесь, мой другъ! Поздравляю васъ; а, право, напрасно вы ничего отъ меня не берете!...

Я слушалъ съ опущенною головой. Неужели это говоритъ Мари? Откуда такой тонъ? Она точно моя сообщница, товарищъ по добыванію дешевыхъ способовъ эксплуатаціи другихъ.

— Но у меня есть жалованье,— выговорилъ я чуть слышно: мнѣ было стыдно... не за себя.

— Напрасно!— повторила она.— Мало ли что можетъ случиться: въ мое отсутствіе заболѣете, потеряете мѣсто? Право, Модестъ Ивановичъ, не упирайтесь.

Она сказала это уже совсѣмъ по-товарищески и даже потрепала меня по плечу.

— Благодарю васъ, Мари,— выговорилъ я,— я не нуждаюсь... Я и безъ того вашъ неоплатный должникъ.

Послѣдняя моя фраза вышла у меня чуть слышно. Я ее произнесъ въ большомъ волненіи.

— Ха, ха, ха!— вдругъ громко разсмѣялась Мари и ея смѣхъ обдалъ меня холодомъ.— Въ чему это? Оставьте фразы. Вы не злой, я это вижу. Будемъ хорошими товарищами, больше ничего и не надо. Вы меня не стѣсняете — и я васъ также. Случится какая нужда или непріятность, станемъ поддерживать друга друга... Хотите?...

Что же мнѣ было отвѣчать на это? Какъ же могъ я не хотѣть такой взаимной поддержки?

Но Мари выговорила все это не такъ; чтобы сердце мое дрогнуло отъ радости. Не о соединеніи говорила она, а о жизни врозь,— о томъ, чтобы обезпечить себѣ полную свободу безъ всякаго нравственнаго долга.

Тутъ меня освѣтила внезапная мысль: такъ зачѣмъ же ей мое имя, зачѣмъ ей оставаться связанной, хотя бы и формально?

Я хотѣлъ было крикнуть ей:

— Не хочу я такихъ отношеній, лучше развестись!

И не сдѣлалъ этого,— испугался, тотчасъ же испугался мысли о разводѣ... Такъ она, все-таки, не уходитъ отъ меня на всегда; сама предлагаетъ жить въ ладу и простыми товарищами безъ всякихъ притязаній другъ на друга.

— И такъ, Модестъ Ивановичъ,— начала опять Мари, направляясь маленькими шажками къ двери,— я могу надѣяться, что вы меня не задержите?...

Она нарочно, сказала это шутливо, съ церемонною интонаціей.

И протянула мнѣ руку. Я поцѣловалъ и проводилъ ее до корридора. Моя рука дрожала, мнѣ неудержимо хотѣлось схватить ее, вылить все, что мнѣ распирало грудь. Я боялся разрыдаться.

Только когда я вернулся въ комнату и сталъ неподвижно посрединѣ ея, внутри меня кто-то выговорилъ:

"Она погибла!"

VIII

Солнечный осенній день вызвалъ всѣхъ на Невскій. Я шелъ съ Васильевскаго острова въ концѣ четвертаго часа. Занятія свои покончилъ я раньше обыкновеннаго. На перекресткѣ Большой Морской, около магазина Корпуса, я былъ задержанъ движеніемъ экипажей, стоялъ и глядѣлъ равнодушно и немножко нетерпѣливо на проѣзжавшихъ въ коляскахъ и пролеткахъ.

Что-то точно толкнуло меня. Я быстро оглянулся влѣво и по направленію къ Невскому. Передо мной мелькнула высочайшая яркая шляпа съ цѣлымъ стогомъ цвѣтовъ и перьевъ.

Неужели это Мари?

Она сидѣла одна, выпрямившись въ углу откиднаго, низкаго фаэтона на каучукахъ, лошади въ шорахъ, буланой масти, кучеръ и грумъ въ гороховыхъ ливреяхъ.

Мари здѣсь, въ Петербургѣ! И въ такомъ видѣ!... Она сидѣла въ позѣ тѣхъ женщинъ, что ѣздятъ по Невскому и Мордой отъ трехъ до пяти. На ней была плюшевая, роскошная накидка; на груди букетъ живыхъ цвѣтовъ, въ ногахъ породистая моська. Смотрѣла она не въ мою сторону; сквозь короткую красноватую вуалетку я разглядѣлъ ея гримировку: она набѣлена и подводитъ глаза, какъ француженка, ея шиньонъ и волосы на лбу — не ея цвѣта, а шеколадно-рыжіе.

Я просто оцѣпенѣлъ. Меня толкали; двое офицеровъ остановились рядомъ со мною у фонаря. Одинъ изъ нихъ указалъ жестомъ головы на нее:

— Новенькая!— выговорилъ онъ съ особаго рода удареніемъ.

— Какъ фамилія?

— Самуилова!...

— Навѣрное знаешь?.

— Навѣрное.

Я хотѣлъ имъ крикнуть: вы не смѣете ее такъ называть!...

Но я не крикнулъ. Самуилова! Это мое имя, она его носитъ

теперь... Ее уже знаютъ, какъ одну изъ дамъ Морской и Невскаго.

Весь я захолодѣлъ и пошелъ,— почти побѣжалъ по Невскому, глядя, должно быть, безсмысленно въ слѣдъ фаэтону съ яркою шляпой, гороховою ливреей кучера и булаными лошадьми.

Почему же не быть этой дамой — моей женѣ?

Вѣдь, прошло болѣе полугода, какъ она уѣхала за границу. Я ее такъ и не видѣлъ передъ отъѣздомъ,— не засталъ въ отелѣ; за границу не зналъ куда писать, да и о чемъ сталъ бы я ей писать, какъ не о томъ, что я тоскую, что я мечтаю о ея возвращеніи? Паспортъ она получила и могла съ нимъ прожить хоть пять лѣтъ...

Моя тоска перешла въ невыразимую скуку, отъ которой я спасался только тѣмъ, что бралъ на себя еще и вечернюю дополнительную работу — переводить по-французски и по-нѣмецки разные рекламы и прейсъ-куранты за границу. Никуда не тянуло меня за городъ, хоть немного развлечься, въ Аркадію, въ Ливадію, въ Павловскъ. Мнѣ тяжко было бы встрѣтиться съ кѣмъ-нибудь изъ прежнихъ знакомыхъ, кто бывалъ у насъ въ домѣ или знавалъ меня еще холостымъ. Въ толпѣ, на музыкѣ, въ партерѣ опереточнаго театра я испытывалъ бы еще большую тоску, чѣмъ за переводомъ какого-нибудь чайнаго прейсъ-куранта, одинъ, у окна конторы, взглядывая на петербургскую бѣлую ночь, среди тишины осьмой линіи Васильевскаго.

Но это томительное время было позади. Къ осени я сталъ свыкаться съ тѣмъ, что я больше никогда не увижу Мари. И вдругъ такая встрѣча...

Я почти бѣгомъ убѣжалъ до дому, подъ конецъ пути голова моя стала соображать. Надо поскорѣе достать адресъ... Идти къ ней? Что я найду у ней? Зачѣмъ? Вѣдь, она теперь дама, катающаяся "отъ трехъ до пяти". А, можетъ быть, она просто такъ же живетъ, какъ жила и прежде. Ну, получила наслѣдство. Тогда она не держала экипажа, теперь держитъ. Тогда одѣвалась скромнѣе, теперь франтихой, послѣ жизни за границей, въ Парижѣ. Тогда у ней былъ же любовникъ, и я съ этимъ мирился,— отчего ей не имѣть его и теперь, отчего? Но я-то былъ тогда другой... А какое же ей дѣло до того?

Какъ я себя ни успокоивалъ, не могъ я отдѣлаться отъ звука голоса того офицера, что сказалъ громко, такъ, какъ говорятъ объ извѣстныхъ кокоткахъ:

— Новенькая!...

И его же возгласъ "навѣрное!" звенѣлъ у меня въ ушахъ.

Броситься въ адресный столъ была моя первая мысль послѣ того, какъ я пришелъ немножко въ себя. Но онъ закрывается въ этотъ часъ... Можно купить открытое письмо. Такія письма, для справокъ адреснаго стола, продаются въ лавочкахъ...

Я такъ и сдѣлалъ. Тамъ же и написалъ свое требованіе, и когда опустилъ карту въ ящикъ, на углу Владимірской, то совсѣмъ замеръ... Такое ощущеніе, навѣрное, бываетъ у людей, совершающихъ впервые уголовное преступленіе. Чувствуешь, что жизнь въ эту минуту перегнулась пополамъ.

Почему? Почему она перегнулась пополамъ именно для меня?... Какъ почему? Потому, что я завтра же узнаю ея адресъ, пойду къ ней, увижу всю правду, и если она то, чѣмъ она кажется и мнѣ, и всему Петербургу, то... Жизнь перегнется. Я это знаю, я это чувствую всѣми моими нервами, всѣмъ моимъ существомъ!

———

Есть какая-то судьба, есть, даже, въ случайныхъ совпадешь. Вотъ и въ томъ — судьба, что квартира "жены изъ потомственныхъ дворянъ коллежскаго ассесора Самуилова" оказалась по Захарьевской улицѣ,— въ той самой улицѣ, гдѣ Мари жила и въ прошломъ году.

Когда я держалъ въ рукахъ отвѣтъ адреснаго стола, буквы прыгали у меня въ глазахъ. Что же было проще, какъ не эта "справка"? Вѣдь, и годомъ раньше Мари значилась точно такіе женой коллежскаго ассесора; только нумеръ дома былъ другой. Что-то неуловимое и несомнѣнно новое глядѣло на меня со строкъ справки, выведенной писарскою рукой.

Это "что-то" еще не настолько меня разстроило, чтобъ я не въ состояніи былъ сообразить, какъ мнѣ вѣрнѣе увидаться съ женою моей.

Я едва ли не въ первый разъ назвалъ ее такъ, про себя, мысленно: "жена моя". И сознаніе того, что я — мужъ, законный мужъ, явилось у меня съ особою, небывалою силой.

Написать ей? Она, вѣдь, говорила же мнѣ въ тотъ разъ, какъ пришла сама передъ отъѣздомъ за границу, о томъ, какъ намъ слѣдуетъ быть добрыми пріятелями. Что же ей пугаться моего письма или городской депеши?...

Но тогда она уѣзжала, да и не была еще такой, какой я видѣлъ ее въ коляскѣ на поворотѣ изъ Большой Морской къ Невскому.

Лучше было прямо пойти къ ней, безъ всякаго письма или депеши, не предупреждая, разсчитать навѣрное, въ какой часъ она должна быть дома. Утромъ, даже и не очень рано, она можетъ не принять меня... подъ какимъ-нибудь предлогомъ. Если будетъ порядочная погода, она, навѣрное, поѣдетъ кататься въ началѣ четвертаго. Вотъ самый лучшій моментъ. И я войду, вамъ ни въ чемъ не бывало, и по-пріятельски спрошу ее...

Зачѣмъ я все это записываю? Какъ я могу знать и предвидѣть, что я испытаю у ней завтра или послѣ-завтра?

———

Вотъ я у ней въ гостиной. Я вѣрно разсчиталъ. У подъѣзда стоялъ ея фаэтонъ съ булаными и кучеръ держалъ уже бичъ наготовѣ. Швейцаръ, на мой вопросъ: въ какомъ номерѣ живетъ "Марья Арсеньевна", крикнулъ мнѣ:

— Онѣ кататься собираются!!

Но я взбѣжалъ въ бель этажъ по лѣстницѣ, уставленной растеніями, и позвонилъ увѣренно.

Груму, уже совсѣмъ готовому къ выѣзду, въ гороховой ливреѣ, я сказалъ внушительно, почти строго:

— Я долженъ видѣть Марью Арсеньевну.

Одѣтъ я уже не такъ, какъ въ прошломъ году. У меня хорошее осеннее пальто, шляпа такъ и блеститъ и двубортный сюртукъ совершенно безукоризненный.

Я даже не отдалъ своей карточки, а прямо вошелъ въ гостиную, прежде чѣмъ грумъ успѣлъ сказать мнѣ: "извольте подождать". Онъ прошелъ по корридору изъ передней.

Отдѣлка салона ударила меня въ голову. Такая роскошь не могла быть спроста. У Мари не было родственниковъ, отъ которыхъ она могла бы получить наслѣдство прямо. Отецъ ея умеръ, мать жива и ея доля, послѣ ея смерти, пойдетъ нѣсколькимъ сыновьямъ и дочерямъ.

Роскошь салона — особенная, дерзкая роскошь, съ оттѣнкомъ, давно мнѣ знакомымъ. Всѣ эти японскія вещи, кушетка, фарфоровыя фигурки, двѣ-три картины съ легкими, игривыми сюжетами, матеріи, разбросанныя по мебели, отзывались парижскимъ полусвѣтомъ. То же самое можно найти у любой свѣтской женщины; но было нѣчто даже въ самомъ воздухѣ гостиной, непередаваемое словами, и такое зловѣщее, неизбѣжное... Меня охватилъ внезапный гнѣвъ на всю эту роскошь отдѣлки. Я стиснулъ кулаки. Попадись мнѣ подъ руку любая изъ этихъ дорогихъ северскихъ статуэтокъ, я бы швырнулъ ее на подъ. Самый цвѣтъ стѣнъ и мебели, золотистый, матовый штофъ, возбуждалъ волнѣ нестерпимое раздраженіе.

Но Мари не заставила меня ждать. Она во мнѣ почти выбѣжала уже въ шляпкѣ,— не въ той, что я видѣлъ два дня передъ тѣмъ, а еще выше и пестрѣе,— въ туалетѣ для прогулки. На ходу она натягивала длиннѣйшую перчатку.

— А! Модестъ Ивановичъ! Вотъ это очень мило! Здравствуйте, здравствуйте!

Лицо свое она такъ близко подставила въ моецу, что я невольно подался назадъ.

— Цѣлуйте!— крикнула она.— Я вамъ щеку подставила нарочно.

Я поцѣловалъ и почувствовалъ, что щека обсыпана пудрой. Глаза опять подведены, брови также, запахъ пудры и сильныхъ духовъ вызвали во мнѣ что-то вродѣ тошноты.

— Нашли меня?— заговорила Мари, переминаясь на мѣстѣ и продолжая натягивать перчатку.— Я все въ той же улицѣ, квартирой довольна. Въ Петербургѣ я уже цѣлый мѣсяцъ. Вотъ только что успѣла устроиться... Недурно? Скажите!...

Она бросала слова совсѣмъ на новый ладъ. Прежде она говорила высокимъ, очень моложавымъ и немного тягучимъ голосомъ, а теперь онъ сталъ гораздо ниже, гуще, немного хриповатѣе и слова у Мари падали быстро, совсѣмъ такъ, какъ у француженокъ извѣстнаго сорта.

Я впился глазами въ выраженіе ея лица. Хотѣлъ схватить въ немъ затаенное смущеніе, дерзкое и ловкое лицемѣріе. Ничего такого не было въ ея глазахъ. Они казались больше, темнѣе, прежняя красота вѣкъ была загримирована, рѣсницы сливались съ полосою, проведенною подъ нижнею вѣкой. Нѣтъ, она ни мало не смутилась или играла роль съ изумительнымъ совершенствомъ.

— Я ѣду кататься,— продолжала Мари.— Вы попадаете не въ тотъ часъ. По четвергамъ я принимаю... передъ обѣдомъ, или не хотите ли запросто, пообѣдать вдвоемъ tete-â-tete съ вашею... законною женой? Это будетъ очень пикантно!... И глаза ея такъ и бѣгали отъ одного предмета къ другому, отъ лампы на столѣ къ моему лицу, и останавливались на мнѣ съ задорнымъ, сухимъ, непроницаемымъ выраженіемъ.

Въ этомъ выраженіи я уже не могъ больше сомнѣваться. Я понялъ, чѣмъ можетъ оказаться моя жена, и это перехватило мнѣ дыханіе. Чуть-чуть не зашатался я.

— Что съ вами, мой другъ?... Вы такъ поблѣднѣли!— спросила Мари и взяла меня за руку.

Мы очутились на маленькомъ диванчикѣ. Это былъ опять тотъ же, нашъ, изъ первоначальной нашей обстановки. Кажется, онъ только и остался изъ мебели съ ея старой квартиры.

— Что съ вами? Вамъ не хорошо?— спросила Мари.

Что со мною?... Она спрашивала это такимъ тономъ, какъ будто дѣло шло объ обморокѣ или спазмахъ!

— Что со мною, Мари?— вдругъ заговорилъ я и взялъ ее за обѣ руки.— Я нашелъ тебя, я стосковался о тебѣ.

Это "ты" вырвалось у меня неудержимо; я уже не могъ продолжать говорить ей "вы". Она не выдергивала свои рука и даже на лицѣ у ней не вышло ничего, ни одинъ нервъ не дрогнулъ.

— Такъ вы въ меня влюблены?...— спросила она меня и, откинувшись вся назадъ, захохотала.

— Полно, Мари, полно!— шепталъ я, весь охваченный горькимъ чувствомъ жалости къ ней, къ себѣ, страха за то, что я, навѣрное, сейчасъ же услышу отъ нея, и, вмѣстѣ съ тѣмъ, радости новой, неизвѣданной мною,— радости отъ того, что я ее вижу, что она тутъ, что я держу ея руки въ своихъ.

Слезы потекли у меня неудержимо.

— Ахъ, Боже мой!— раздался возгласъ Мари.— Осторожнѣе! Вы мнѣ закаплете платье!

Я могъ сдержать слезы, но не могъ говорить такъ, какъ я собирался, надѣть на себя личину, начать, вести себя какъ пріятель, завернувшій къ своей бывшей подругѣ "une ancienne", поболтать съ ней и порасспросить, хорошо ли идутъ ея дѣла.

Это было невозможно для меня въ ту минуту.

— Извини меня, Мари,— я продолжалъ съ ней на "ты".— Видишь, какъ я взволнованъ. Ты мнѣ не чужая... Я готовъ проклинать все свое прошедшее. Гнусно поступилъ я съ тобой когда-то! Но я выстрадалъ... Теперь я не тотъ презрѣнный, что приходилъ въ тебѣ за деньгами. Погляди на меня!... Я искуплю все, только не уходи, не отталкивай!...

Дальше говорить я опять не могъ.

— Да что же вамъ угодно, Модестъ Ивановичъ?— раздался вопросъ Мари.

Она сидѣла уже въ углу диванчика, въ выжидательной позѣ.

— Ты не видишь?...

— Я нахожу,— продолжала она,— что вы берете со мной совсѣмъ не тотъ тонъ. Что вы перешли со мной на "ты" — я этимъ не обижаюсь. Когда-то мы были, вѣдь, на ты. Что-жь, между товарищами это водится; а я вамъ давно предлагала такія отношенія.

Я долженъ былъ еще больше сдержать себя, притвориться.

Иначе Мари заподозрила бы меня, замкнулась бы. А я не могъ не узнать отъ нея хоть чего-нибудь про ея теперешнюю жизнь.

— Хорошо, хорошо!— повторилъ я.— Не сердитесь, Мари, на мрю нервность. Спасибо за то, что вы вѣрите моему пріятельскому чувству.

— Да я и не думаю сердиться!... Тебѣ хочется быть со мною на ты — изволь. Это будетъ гораздо забавнѣе. Разумѣется, не при постороннихъ.

— Очень радъ,— подхватилъ я,— очень радъ. Ты, пожалуйста, не стѣсняйся... Какія же мои права? Развѣ я о нихъ заявлю? Согласись, болѣе полугода ничего не зналъ о тебѣ...Какъ — ты? Дѣла твои? По крайней мѣрѣ, освободилась ли хоть отъ той несчастной для тебя страсти?

— Это ты о немъ?— бойко прервала она меня,— о Карчинскомъ?

— Да.

— Хватился!... Я забыла давно о его существованіи. Да и онъ оставилъ меня въ покоѣ. Вѣдь, у меня что же осталось тогда? Самые ничтожныя средства.

— А теперь?— чуть слышно выговорилъ я.

— Ты насчетъ чего: насчетъ средствъ?... Что-жь, ты видишь, какъ я живу.

— Получила наслѣдство?— полушутя спросилъ я.

— Наслѣдство?... Maman еще жива. Я отъ нея ничего не получаю; домъ у меня остался... заложенъ. Да, вѣдь, ты все это прекрасно знаешь! Ты не думай, что я отъ тебя буду скрывать. Ты, вѣдь, и тогда, когда я была у тебя, очень деликатничалъ. Еслибы тебѣ понадобились деньги...

— Мари!— порывисто перебилъ я ее.— Ради Бога!... Развѣ та можешь думать!... Я теперь другой сталъ...

— Ахъ, другъ мой, и я другой стала!...

Это она выговорила съ краской на лицѣ, пробившейся сквозь пудру. Кончикъ ботинки выставился изъ-подъ оборки платья и нервно вздрагивалъ.

— Въ какомъ ты смыслѣ?— простовато освѣдомился я.

— Да въ очень простомъ... Другая я стала! Довольно быть дурой и позволять обирать себя. Мы, женщины, должны, напротивъ, всего требовать отъ мужчинъ. Я пожила въ Парижѣ, въ Ниццѣ, на водахъ. Тамъ женщина развѣ то, что у насъ?... На нее разоряются... Она самый... какъ бы это сказать?... изящный видъ мужскаго тщеславія!...

— Вотъ что!— невольно вырвалось у меня.

— Разумѣется... Иначе не должно быть. Всякая женщина у кого есть умъ, элегантность, вкусъ, имѣетъ право...

— Обирать мужчинъ?— не удержался я.

— Зачѣмъ такія вульгарныя выраженія, мой другъ? Вы со мной, — перемѣнила она на "вы", — пожалуйста, не хитрите, Вамъ хочется знать, чѣмъ я живу? Конечно, не на ренту. И въ Монако я банка не сорвала. Мы съ вами два свободныхъ гражданина и другъ другу, надѣюсь, мѣшать не будемъ.

— Но ты носишь мое имя,— чуть не крикнулъ я ей.

Мари точно догадалась объ этомъ внутреннемъ возгласѣ.

— Вы можете быть спокойны, я ношу ваше имя... и не стану его марать... Je ne suis pas une drôlesse!— презрительна выговорила она.— А до моей частной жизни никому дѣла нѣтъ... Да и наивно было бы вамъ, такому опытному петербуржцу, возмущаться... Въ свѣтѣ, въ настоящемъ свѣтѣ, есть десяти дамъ, и замужнихъ, и свободныхъ, которыя не имѣютъ своихъ собственныхъ годовыхъ средствъ... Свѣтъ можетъ догадываться, предполагать, что такой-то состоитъ въ друзьяхъ, обезпечиваетъ этой дамѣ ея годовой доходъ и только...

— Такъ... и вы Мари?...

Слова мои, сказанныя очень тихо, заставили ее приподняться.

— Такъ и я, мой другъ!... Если я вамъ это говорю откровенно, я этимъ оказываю вамъ довѣріе,— значитъ, я считаю васъ неспособнымъ... на то, что бывало прежде...

Тутъ и я всталъ.

— Но развѣ васъ не давитъ такое положеніе?... Вѣдь, была бы возможность, если бы вы хотѣли...

Я не договорилъ. Ея подкрашенные два глаза насмѣшливо оглядывали меня. Правая рука опять начала натягивать длинную перчатку на лѣвую руку.

— Я васъ не понимаю,— сказала она вѣско, не торопясь. Что вы мнѣ предлагаете? Неужели опять сойтись? Вы — пошутили?... Еще не такъ давно вы мнѣ сами предлагали разводъ... Вѣдь, предлагали? Я не выдумываю?

— Предлагалъ.

— Тогда я не согласилась, потому что было уже поздно, Карчинскій нагло обманулъ меня... Къ чему мнѣ было разводиться? Чтобъ избавиться отъ васъ? Вы, вѣдь, другъ мой,

122

были тогда не такой... тихенькій, какъ теперь. Тогда у меня не было уже средствъ взять на себя расходы.

Ея глаза договорили: "и на платежъ вамъ того отступнаго, какое вы желали получить!..."

— Теперь средства нашлись бы!... Но развѣ вы будете пять настаивать на разводѣ, скажите, а?...

— Я не настаиваю; но...

— Но... что? Если вы не желаете сами выгодно жениться, зачѣмъ намъ все это? Вы, вѣдь, ни въ кого не влюблены, скажите?...

Въ кого я влюбленъ?... Да еслибъ я крикнулъ ей: тебя, тебя люблю я!— она расхохоталась бы... Я способенъ былъ бы броситься на нее... Кто знаетъ, что могло бы выйти?

— Въ кого же?— отвѣтилъ я.

— Ну, такъ къ чему намъ затѣвать эту исторію? Я у васъ не требую отчета. И вы поступайте такъ же... Будутъ вамъ что-нибудь врать про меня — не вѣрьте. Вы видите... обо мнѣ заботятся... Мнѣ надо подумать о будущемъ... обезпечить себѣ старость... Работать я не умѣю. А мой старичокъ очень дрессированъ... Онъ и вамъ можетъ пригодиться...

— Мнѣ?

— Увѣряю васъ... Еслибъ я вамъ сказала его фамилію... Кто знаетъ, мало ли что съ каждымъ можетъ случиться?... Имѣть такую руку очень не мѣшаетъ здѣсь, въ Петербургѣ.

Она замолчала и всею своею фигурой дала мнѣ почувствошть, что я ее задерживаю...

И хорошо она сдѣлала, что не дала мнѣ завязать опять разговоръ въ задушевномъ тонѣ. Я не могъ поручиться за себя. Вышло бы что-нибудь безполезное, унизительное. Развѣ то, что переполняло меня въ ту минуту, возможно было сообщить ей сразу, произвести въ ней нравственной переворотъ, даже пристыдить ее, довести до сознанія той грязи, въ которой она такъ горделиво и вызывающе стояла?

Я взялся за шляпу. Мари надѣла, наконецъ, перчатку съ моею помощью... Я долженъ былъ помочь ей застегнуть верхнія пуговки.

Направляясь къ двери впереди меня, она остановилась на минуту и сказала мнѣ:

— Я васъ не хотѣла безпокоить насчетъ вида на жительство... У меня все еще заграничный паспортъ... По немъ я прописана... Больше ничего, вѣдь, и не надо...

Я промолчалъ.

— Да, впрочемъ, — добавила она, — съ моимъ генераломъ нечего и безпокоиться.

Это она сказала съ явнымъ намѣреніемъ дать мнѣ понять, что теперь она обойдется безъ отдѣльнаго вида — этого орудія несговорчивыхъ мужей.

— Конечно, конечно,— вымолвилъ я глупымъ звукомъ.

— Генералъ,— добавила она потише,— еще совсѣмъ не старикъ. Очень сохранился... И холостой, что, во всякомъ случаѣ хорошо... Если бы...— она сдѣлала жесть,— вы, конечно, не будете препятствовать нашему счастію... Да нѣтъ!... Онъ никогда не женится... Прощайте!... Заходите.

Мы вышли вмѣстѣ на крыльцо.

Она вскочила на подножку. Бичъ хлопнулъ. Буланые тронули.

IX

Передо мною сидѣлъ мой "повѣренный".

Да, у меня адвокатъ. Это — нашъ юрисконсультъ въ томъ торговомъ домѣ, гдѣ я служу, изъ нѣмцевъ, степенный, скуповатый на слова, дѣльный и честный. Я просилъ его взять и себя переговоры съ моею женой.

Какъ я приведенъ былъ къ этому?

После визита на Захарьевскую я слегъ. Со мной, однако не случилось ни тифа, ни нервнаго удара, — я пожалѣлъ объ этомъ. Тогда пришелъ бы конецъ... Теперь я захваченъ колесомъ машины, которая можетъ размозжить меня.

Когда я оправился послѣ трехдневнаго жара и даже бреда я все съ ясностью увидѣлъ, понялъ и не сталъ больше обманывать себя.

Я люблю Мари, люблю ее и не стыжусь этого чувства. Оно меня сдѣлало другимъ человѣкомъ, оно — и не что-либо другое. Это чувство воскресило во мнѣ и достоинство мужа не затѣмъ, чтобы что-нибудь вымогать, попрежнему, а чтобы спасти ее отъ позора.

У себя, на кровати, когда мнѣ стало полегче, пережилъ я еще разъ то, что у ней, въ ея золотистой гостиной, я слышалъ и видѣлъ... Она озлилась, она извѣрилась въ мужчинъ и сбросила съ себя всякія иллюзіи. Теперь она хочетъ быть хищницей, заставить мужчину служить себѣ, исполнять всѣ ея прихоти, обезпечить ее матеріально до самой смерти. Развѣ такой душевный процессъ не понятенъ?... Я не возмущался, я только скорбѣлъ, но меня не покидала надежда.

Почему же мнѣ было не надѣяться? Вѣдь, эта несчастная женщина не знала ни отъ кого любви... настоящей, вотъ такой, какая теперь колышетъ меня, когда я пишу эти строки. Я не любилъ ее, а только овладѣлъ ею гнусными средствами. Тотъ французъ пошелъ въ ея любовники, былъ ею увлеченъ, но удалился, когда она ему прiѣлась. О Карчинскомъ стыдно и упоминать. Отъ кого же слышала она трепетное слово, идущее въ душу? Ни отъ кого!

У меня была надежда. Я и написалъ ей письмо, гдѣ я весь,— внсь, до послѣдней капли крови, отдавался ей, гдѣ я умолялъ позволить мнѣ отдать ей всю мою жизнь, силы, здоровье, трудъ,— все, все... Я умолялъ ее оглянуться, увѣрялъ ее, что она не можетъ быть такъ безповоротно ожесточена, указывалъ ей неизбѣжность дальнѣйшаго паденiя. Не то ужасно, что она живетъ не съ мужемъ своимъ, съ чужимъ человѣкомъ, а то, что она продаетъ себя спокойно или съ ожесточенiемъ, съ цинизмомъ, и еще ужаснѣе.

Я кончилъ признанiемъ, что мое чувство къ ней не станетъ торговаться, что оно способно на всякую жертву. Полюби она сейчасъ, я дамъ ей свободу, я возьму вину на себя, я готовъ не собственнымъ трудомъ покрыть издержки развода.

И на другой день, когда этотъ конецъ письма всталъ передо мною отъ первой строки до послѣдней, я испугался моего безумаго порыва. Развѣ я способенъ развестись съ нею, теперь? Еслибъ я долженъ былъ это сдѣлать, я покончилъ бы съ собою сейчасъ.

Приди ко мнѣ тогда самый преданный другъ и начни мнѣ говорить, какъ могъ я впасть въ такую запоздалую страсть, что нашелъ въ той женщинѣ, которая собиралась отравить меня, имѣла нѣсколькихъ любовниковъ, ничѣмъ не проявила хоть какой-нибудь симпатичности и теперь такъ быстро и такъ откровенно пошла въ содержанки,— я бы не далъ ему говорить, я бы бросился на него. Пускай никто этого не понимаетъ; но я знаю, это чувство живетъ во мнѣ, я знаю, что оно — великiй подарокъ судьбы, я знаю, что никто иной не толкнулъ первоначально жены моей на распущенность и циническое ожесточенiе, какъ я, одинъ.

Отвѣта я отъ нея не получилъ. Произошло опять то же, что сталось и съ первымъ моимъ письмомъ послѣ маскарада. Идти к ней значило нарваться на отказъ. Она не приметъ меня, она напугана, она вправѣ была увидать въ этомъ безумномъ посланіи на восьми страницахъ новый видъ вымогательства, шантажъ.

Тогда я обратился съ просьбой къ нашему юрисконсульту Адольфу Ѳедоровичу. Я поручилъ ему переговорить съ нею не отъ имени мужа, заявляющаго свои права, а просто какъ частному человѣку, который спроситъ: находитъ она возможнымъ вернуться къ мужу, на скромную жизнь, или считаетъ всякую связь съ нимъ порванною?

Имя адвоката ей не было извѣстно. Онъ явился къ ней предупредивъ ее письмомъ, безъ обозначенія по какому дѣлу.

И вотъ Адольфъ Ѳедоровичъ, съ своимъ бритымъ, добродушнымъ, степеннымъ лицомъ, сидитъ передо мною, въ пріемной комнатѣ нашей конторы и говоритъ мнѣ:

— У васъ мало шансовъ вернуть ее въ честной жизни. Махните рукой!

Онъ сначала не хотѣлъ было передавать мнѣ подробностей ихъ объясненія. Я настоялъ.

Не только она наотрѣзъ отказала, но просила даже передать "господину" Самуилову, что если онъ будетъ продолжать свои "вымогательства", она съумѣетъ заставить его "присмирѣть".

О, тогда я попросилъ у моего повѣреннаго другой консультаціи. Я забылъ тотъ билетъ изъ гражданскаго права, гдѣ перечисляются "личныя отношенія супруговъ между собою", но не всѣ... Одинъ пунктъ я хорошо помнилъ: мужъ имѣетъ право требовать жену свою, по мѣсту жительства, силой, даже и по этапу.

Адольфъ Ѳедоровичъ подтвердилъ мнѣ, что такой законъ существуетъ.

Послѣ разговора съ нимъ я нашелъ прямой выходъ изъ моего невыносимаго душевнаго состоянія. Здѣсь, въ этомъ Петербургѣ, я не могу настаивать, чтобы жена моя переѣхала ко мнѣ въ домъ. У меня и квартиры-то нѣтъ, я живу все въ той же убогой меблированной комнатѣ. Но я не останусь здѣсь. Вотъ уже вторая недѣля пошла, какъ я получилъ отъ своего принципала предложеніе: перейдти на службу того же торговаго дома, въ одинъ изъ южныхъ портовыхъ городовъ. Мнѣ удвоятъ жалованье и сдѣлаютъ завѣдующимъ отдѣльною частью.

Вотъ онъ — предлогъ, и самый законный. Я предложу женѣ млей, черезъ повѣреннаго, переѣхать со мною... Она не согласится... Что я буду тогда дѣлать? Употребить насиліе?

Не насилія я хочу, а только моего неоспоримаго права... Не

для себя я это дѣлаю, не изъ одного неудержимаго желанія — имѣть подъ своею рукой женщину, обладать ею, пользуясь правами мужа, насильно,— нѣтъ, я долженъ вырвать ее изъ ея теперешней жизни. И я сдѣлаю это. Пускай будутъ кричать, что я потерялъ на это нравственное право. Не во мнѣ тутъ дѣло, а въ ней.

Да если я и не то говорю, если во мнѣ другое побужденіе, если я хочу получить обратно жену мою,— зачѣмъ же мнѣ укрываться и хитрить передъ самимъ собою? Ну, да, я ее люблю, ее ли люблю, или только самое чувство, которымъ живу теперь, люблю любовь?... Развѣ это не все равно?!

Въ чемъ заключаются мои преступленія передъ Мари, какъ передъ женщиной? Я завладѣлъ ею при сообщничествѣ продажной женщины,— да; но она мнѣ и тогда нравилась. Я самъ не продавался женщинѣ, которая была бы мнѣ противна. Я былъ ей вѣренъ. Вотъ уже нѣсколько лѣтъ, какъ я живу монахомъ. И прежде, когда мы жили въ одной квартирѣ, несмотря на ея поведеніе, на ея чувства ко мнѣ, я искалъ утѣшеній на сторонѣ въ чемъ угодно, только не въ любовныхъ похожденіяхъ.

Черезъ повѣреннаго я послалъ мое послѣднее слово. Если ей нельзя повидаться со мною, выслушать мои... не требованія, а мольбы — я знаю, что буду умолять ее — тогда я воспользуюсь своимъ правомъ мужа. Довольно унижаться! Что бы ни вышло: пускай она меня убьетъ или отравитъ, но я не могу оставь ее здѣсь.

Пусть я буду считаться падшимъ человѣкомъ, а не она!

X

Въ рукахъ у меня письмо, родъ повѣстки, гдѣ значится: "генералъ такой-то проситъ г. Самуилова пожаловать къ нему завтра, въ одиннадцать часовъ, для личнаго объясненія, не терпящаго отлагательства".

Это — его приглашеніе, того "старичка", покровителя Мари. Онъ меня не приглашаетъ, а требуетъ въ себѣ. Я вправѣ не пойти; но тогда со мною внезапно могутъ сдѣлать какую-нибудь гадость. Генералъ знаетъ свою силу...

Эта повѣстка вызвана вотъ чѣмъ:

Повѣреннаго съ моимъ послѣднимъ заявленіемъ я не рѣшился послать сразу. Я самъ пошелъ и настаивалъ, чтобы меня приняли,— да, настаивалъ. Но наканунѣ я писалъ ей, униженно почти безумно умолялъ ее — только принять меня на пять минутъ, не подозрѣвать, не выбрасывать меня изъ своей жизни выслушать въ послѣдній разъ.

И меня выгнали. Правда, я не хотѣлъ уходить изъ передней. Мари была дома, я сказалъ, что буду дожидаться ея возвращенія. Послали за городовымъ. Онъ что-то очень скоро явился. Вѣроятно, генералъ приставилъ въ ней особый караулъ. Меня заставили уйти. Я не хотѣлъ скандала. За себя я не боялся; но мнѣ было слишкомъ горько.

Тогда только попросилъ я Адольфа Ѳедоровича поѣхать съ моими требованіями. Его также не приняли и даже до трехъ разъ. Оставалось одно — написать форменное письмо отъ имени его довѣрителя и поставить срокъ, послѣ котораго я буду дѣйствовать всѣми способами, предоставленными мнѣ закономъ, если жена моя не соглашается по доброй волѣ уѣхать со мною изъ Петербурга на мое новое мѣстожительство.

Отвѣтомъ на это письмо адвоката и явилась повѣстка, приглашающая меня къ покровителю Мари.

———

Меня ввели въ кабинетъ, обширный, весь въ картинахъ, ст темною мебелью. Генералъ принялъ меня, стоя за огромнымъ письменнымъ бюро. Онъ на меня такъ посмотрѣлъ, когда я вошелъ, какъ будто хотѣлъ сказать этимъ взглядомъ:

"Ну, милый мой, не вздумай что-нибудь выкинуть такое. Я тебя изъ-за бюро убью наповалъ!"

Да и двери такъ помѣщаются, справа и слѣва, въ задней стѣнѣ, что изъ-за ихъ портьеръ могутъ выскочить хоть по два человѣка.

Я видѣлъ въ театрахъ этого покровителя. Но прежде не всматривался въ него. Онъ обрюзгъ въ послѣдніе годы. Лице съ красными жилками на щекахъ, бритое, съ длинными, чуть-чуть сѣдѣющими усами, толстая нижняя губа, глаза сѣрые, налитые,— видно, что каждый день пьетъ шампанское за карточнымъ столомъ. Голова съ короткими волосами торчитъ изъ разстегнутаго воротника напряженно.

Заговорилъ онъ со мной сразу тономъ человѣка, призвавшаго меня въ допросу.

— Садитесь!

Я сѣлъ.

— Вы желаете застращать вашу жену?

Я промолчалъ.

— Вы знаете, какъ это называется?

Меня начала разбирать глухая злость.

— Не знаю,— отвѣтилъ я.

— Это называется вымогательствомъ...

Тогда я всталъ и, не давая ему перебить себя, проговорилъ, почти прокричалъ цѣлую тираду. Я не училъ ее дома наизусть, она у меня вылилась безъ остановки, сильно, почти гнѣвно.

Я сказалъ, что мои права ограждены закономъ, что я, какъ жъ, ничего не предпринималъ злаго противъ моей жены, что она носитъ мое имя и не желаетъ, несмотря на мои просьбы мольбы, бросить свою теперешнюю жизнь, что я дѣйствительно уѣзжаю изъ Петербурга и законъ даетъ мнѣ право требовать, объ она за мной слѣдовала.

— Да, наконецъ,— вскричалъ я,— вамъ, генералъ, все это лично извѣстно и я впередъ объявляю, что ни на какія сдѣлки не пойду!

Тогда онъ измѣнилъ нѣсколько свой тонъ и сталъ говорить тихимъ голосомъ, съ усмѣшкой на своихъ чувственныхъ губахъ.

— Все это прекрасно,— началъ онъ,— я съ вами препираться буду, не затѣмъ пригласилъ васъ сюда. Ваше прошедшее, господинъ Самуиловъ, извѣстно мнѣ и ваша жена вполнѣ права, не желая жить съ вами. Да и смѣшно было бы ей забывать, кѣмъ вы были еще не такъ давно...

Мой жестъ заставилъ его замолчать.

— Хорошо-съ. Я не буду касаться вашего прошлаго. Оно и васъ останется. Но я долженъ вамъ предложить выборъ: и вы оставите вашу жену навсегда въ покоѣ — вы слышите: всегда?... Въ отдѣльномъ видѣ на жительство она не нуждается; она уже имѣетъ его,— прибавилъ онъ и задорно поглядѣлъ на меня.— Или,— продолжалъ онъ и отошелъ къ стѣнѣ,— вы проститесь со столицей гораздо раньше, чѣмъ вы думаете.

— Это угроза?— закричалъ я и почувствовалъ тутъ же, какъ ненуженъ и глупъ былъ этотъ возгласъ.

— Выбирайте, — выговорилъ онъ небрежно и сталъ таки небрежно докуривать сигару.

— Я ничѣмъ не опороченъ и поступить со мною такъ...

— Та-та-та!— фамильярно перебилъ онъ меня.— Въ вашу теперешнюю добродѣтель мы не обязаны вѣрить. Такъ еще недавно вы жили совершенно предосудительными средствами. Подобныя личности могутъ быть безъ всякихъ разсужденій удаляемы изъ столицы и объ этомъ постараются...

Фраза "объ этомъ постараются" все еще звучитъ у меня и ушахъ. Я ее прекрасно понялъ. И тутъ, въ нѣсколько секунда у меня сложился цѣлый планъ. Я даже и не предполагалъ прежде, что мысль такъ быстро переходитъ въ начало дѣйствія.

Черезъ столъ отъ меня, видѣлъ я передъ собою олицетвореніе силы, съ которой я не могъ бороться. Меня этотъ старѣвщійся сатиръ съѣстъ,— это неизбѣжно. Тутъ только позналъ я какъ нелѣпо дѣлаться честнымъ человѣкомъ. Когда я жилъ шалопаемъ, на счетъ жены, былъ злобнымъ тунеядцемъ и вымогателемъ, меня оставляли въ покоѣ, боялись меня, входили со иною въ сдѣлки, содержали на свой счетъ. Теперь я дѣлаюсь сейчасъ же внѣ закона. Меня удалятъ; бросятъ въ какую-нибудь провинціальную дыру, гдѣ кормись, чѣмъ хочешь. Но не это главное. У меня отнимутъ женщину, законную жену мои именно въ тотъ моментъ, когда я всею душой стремлюсь къ ней когда я хочу спасти ее отъ паденія, когда я всего честнѣе и нравственнѣе хотѣлъ воспользоваться правами мужа. А вотъ передо мной сильный, увѣренный въ себѣ, бездушный стариковскій порокъ и онъ сидитъ на семи сваяхъ. Этотъ человѣкъ меня презираетъ,— искренно презираетъ,— говоритъ со мною точно завѣдомый шантажистъ или шулеръ, которому слѣдуетъ построже пригрозить высылкой изъ города.

Надо было смириться, и я смирился. Цѣлый планъ поведенія блеснулъ передо мной, можетъ быть, безъ окончательнаго вывода, безъ послѣдней комбинаціи, но въ общемъ совсѣмъ готовый!

— Генералъ,— заговорилъ я иначе, безъ унизительной трусливости въ голосѣ, а мягко и съ допустимою долей собственнаго достоинства,— жена моя совсѣмъ не такъ поняла меня. Я надѣюсь, что вы меня поймете гораздо лучше.

Онъ посмотрѣлъ на меня съ вопросомъ въ глазахъ: "это еще, молъ, что такое будетъ?"

— Вы позволите объясниться съ вами откровенно? Я васъ не задержу.

— Говорите.

Онъ сѣлъ, но не у самаго письменнаго бюро, а ближе къ стѣнѣ.

— У меня нѣтъ никакихъ враждебныхъ видовъ на мою жену. Я предлагалъ ей разводъ. Вы это, генералъ, вѣроятно, знаете. Теперь я не настаиваю на разводѣ — въ ея же интересахъ. Брать на себя вину мнѣ съ какой же стати? А ей — еще неудобнѣе: она носитъ мое имя. Я противъ этого ничего не имѣлъ бы; но Мари меня смутила, я испугался за нее; она держалась нарочно, какъ легкая особа. Я испугался за ея будущность и хотѣлъ поддержать ее, пожалуй, немножко постращать. Ваши отношенія къ ней не были еще ясны для меня. Насильно милъ не будешь: она не желаетъ жить со мною — я долженъ былъ, въ этомъ убѣдиться — вотъ и все. Кромѣ письма моего повереннаго, ничего, вѣдь, и не было. Мари остается на свободѣ; но ея судьба обезпечена, я это вижу, степеннымъ, состоятельнымъ человѣкомъ. Это совсѣмъ не то, что сдѣлаться кокоткой. Надѣюсь, генералъ, что вы довѣряете моимъ побужденіямъ? Ни на что я спекулировать не желаю, ни на ея свободу, ни на тѣ средства, какія она имѣетъ теперь. Я ѣду въ провинцію, у меня есть порядочное жалованье, вы можете объ этомъ справиться.

Слушая самого себя, я былъ доволенъ звуками своей искренней рѣчи. Такъ точно могъ я говорить, еслибъ у меня и не было никакого, мгновенно пришедшаго мнѣ, плана. И почему же не говорить мнѣ этимъ именно образомъ? Въ мое чувство къ Мари генералъ не вѣрилъ. Если я ничего не вымогалъ и самъ уѣзжаю изъ Петербурга, то почему же мнѣ и не успокоиться на теперешнемъ положеніи Мари?...

Кажется, я вѣрно разсчелъ: и слова, и ихъ звукъ подѣйствовали.

— Это ваши теперешнія чувства?— спросилъ онъ меня полуиспытующимъ тономъ.

— Зачѣмъ же мнѣ хитрить?— воскликнулъ я съ неподражаемою интонаціей.

— И прекрасно... Я передамъ это Марьѣ Арсеньевнѣ. Только тогда напрасно было впутывать повереннаго и присылать свой ультиматумъ.

— Вы знаете мотивы, генералъ.

Онъ помолчалъ, поднялся съ креселъ и вышелъ изъ-за бюро.

— Когда же вы ѣдете?

— На будущей недѣлѣ — самое позднее...

— А вы дадите подписку въ томъ, что не имѣете никакихъ претензій на жену вашу и предоставляете ей право жить гдѣ ей угодно?

И онъ поглядѣлъ на меня пытливо.

— Да, вѣдь, это равносильно отдѣльному виду?

— У нея есть онъ, но не отъ васъ...

— Я съ удовольствіемъ выдамъ ей видъ и даже съ такою дополнительною подпиской.

Опять онъ поглядѣлъ на меня изподлобья.

— Вы все еще Ѳома невѣрный?— спросилъ я.

— Хорошо-съ. Я передамъ все Марьѣ Арсеньевнѣ.

131

— Но только позвольте и васъ просить, генералъ, быть посредникомъ между нами.

— Въ какомъ смыслѣ?

— Я не хочу уѣзжать отсюда, не простившись съ Мари... Успокойте ее, пожалуйста... Мнѣ хочется по душѣ поговорить съ ней и пожелать всего лучшаго. Черезъ три дня я самъ ей доставлю видъ и подписку. Кажется, лучшаго доказательства моего миролюбія и быть не можетъ. Пускай она не боится меня и приметъ хоть на четверть часа.

Онъ перевелъ губами и затянулся сигарой.

— Извольте, я передамъ и это Марьѣ Арсеньевнѣ.

— Много обяжете, генералъ!

Руки онъ мнѣ не протянулъ, да и лучше: въ моей рукѣ онъ навѣрное бы почувствовалъ нервную дрожь. Она могла выдать меня.

Всю сцену провелъ я съ такою свободой, съ такою мягкою простотой, какъ, право, не сдѣлалъ бы первоклассный актеръ.

Генералъ проводилъ меня до дверей.

XI

Мало ходилъ я на лекціи и плохо слушалъ, когда сидѣлъ въ аудиторіяхъ: больше все ногти полировалъ или рѣзалъ столъ перочиннымъ ножикомъ.

Но въ памяти моей засѣла одна лекція по теоріи уголовнаго права. Профессоръ горячился, развивалъ идею нравственнаго долга и повторялъ все терминъ: "категорическій императивъ".

Онъ такъ часто повторялъ его и такъ разжевывалъ смыслъ, что я хорошо понялъ, что такое разумѣлъ нѣмецъ-философъ подъ этимъ терминомъ. Не разъ случалось мнѣ, потомъ, въ самыхъ неподходящихъ случаяхъ, франтить этимъ "категорическимъ императивомъ".

А вотъ онъ и пригодился. И во мнѣ заговорилъ онъ — неудержимо. Въ кабинетѣ того, кто у меня отнималъ Мари на всю жизнь, меня пронзила идея не головная, а захватившая меня всего вродѣ откровенія.

Та женщина, которой я готовъ былъ отдать себя всецѣло, осталась вѣрна себѣ. Она всегда была бездушна, предана злу. Геперь она только перемѣнила масть въ своей игрѣ съ жизнью, съ людьми,— она продала себя, такъ же безстрастно, какъ прежде продалсь первому попавшемуся мужчинѣ, чтобъ

132

извести меня... Пока она жива, въ ея лицѣ будетъ попираться все, во имя чего я сталъ другимъ человѣкомъ.

Вотъ какой приказъ получилъ я внутри, въ моей совѣсти.

Къ чему было еще разъ разбирать: не страсть ли толкала меня всего больше? Не она ли вызвала во мнѣ эту бурю? Я зналъ, что такое созданіе, какъ жена моя, загубитъ меня, что я опять вернусь въ прежней жизни, что я дойду до униженія, стану пресмыкаться. И не я одинъ,— всякій, кто полюбитъ ее, пройдетъ черезъ то же.

Выводъ былъ ясенъ. Императивъ вставалъ во всей своей силѣ.

Когда я шелъ на послѣднее свиданіе съ Мари, у меня не то никакихъ сомнѣній въ томъ, что я обязанъ такъ поступить. Я не взялъ извощика, я не ускорилъ шага, повернувъ на Захарьевскую. Думалъ я или о постороннихъ вещахъ, или о гамъ, какъ я мягко и просто добивался своего. Меня сейчасъ приметъ Марья Арсеньевна,— генералъ успокоилъ ее. По тону ея надушенной записки я понялъ, что она за тысячу верстъ отъ малѣйшаго подозрѣнія. Она опять со мною, какъ добрый товарищъ, и потому только не на "ты", что записка по-французски; а она привыкла говорить и писать на этомъ языкѣ исключительно съ мѣстоименіемъ "вы".

И какъ непринужденно вошелъ я въ ея гостиную! Она меня пригласила послѣ обѣда, въ восьмомъ часу, передъ отправленіемъ въ театръ. Она была уже въ туалетѣ, съ голыми руками, и съ цѣлымъ вѣникомъ изъ живыхъ розъ на груди, въ черномъ корсажѣ, изъ котораго ея плечи выставлялись такъ красиво. Она пополнѣла. Никогда у нея не было этихъ пластическихъ формъ. Я заглядѣлся и тотчасъ же перешелъ къ шутливому тону.

Мари пригласила меня пройти въ ея будуаръ, гдѣ я еще не бывалъ, и предложила чашку кофе. Я и на это согласился.

— Вы пошутили со мною?— спросила она, когда мы сѣли рядомъ на козетку, наискосокъ маленькой дверки, драпированной японскою матеріей.

Почему-то я остановилъ взглядъ на этой дверкѣ.

Она замѣтила и сейчасъ же сказала:

— Это въ комнату, гдѣ ванна.

Мнѣ казалось, что она такъ рада возможности поболтать со мною, не стѣсняясь, не надѣвая на себя никакой маски. И я нарочно заставилъ ее говорить о себѣ, о ея покровителѣ, о ея разсчетахъ и планахъ на будущее.

— Онъ изъ щедрыхъ?— спросилъ я и наклонился къ ней.

— Я иду потихоньку,— выговорила она, откинувшись головой на подушку.— Нельзя брюскировать, но вы понимаете, мой другъ, что я его не выпущу изъ своихъ рукъ, пока моя будущность не обезпечена.

Такъ говорить могла только настоящая куртизантка... Обо мнѣ, о моемъ будущемъ, о томъ, что во мнѣ происходитъ, куда я ѣду, на что буду жить — ни одного звука.

Прежнія ея увѣренія въ пріятельскихъ чувствахъ были наглою ложью. Еслибъ я упалъ къ ея ногамъ и сталъ умолять сжалиться надъ моимъ безумнымъ сердцемъ, я бы услыхалъ все тотъ же смѣхъ!... Колѣни мои не сгибались. Лицо Мари, ея плечи, ея прическа, цвѣты,— все мнѣ говорило:

"Она не должна жить. Тебѣ не вырвать иначе изъ сердца того, что тебя гложетъ... Ты видишь, какое въ ней торжествующее хищничество. Не щади ея, не щади!"

— Вы мнѣ принесли видъ?— вдругъ спросила Мари и нагнулась, въ свою очередь, ко мнѣ.— Это очень мило... Генералъ говорилъ и о какой-то... подпискѣ...

— Все принесъ, все!...

Съ этими словами я опустилъ руку въ боковой карманъ, гдѣ вмѣсто обѣихъ бумагъ, пальцы мои ощупали холодъ металла.

Это прикосновеніе къ револьверу пронизало меня по всему тѣлу, но я не смутился. Мнѣ весело стало отъ сознанія, что я такъ одурачилъ ихъ обоихъ: и ее, и ея покровителя... Она вѣрила въ ту минуту въ то, что я не выдержалъ борьбы изъ трусости... Она была рада тому, какъ все чудесно обошлось. Ну, можетъ быть, впослѣдствіи я ее немножко пощиплю, но не теперь. Если я не уѣду по доброй волѣ, меня вышлютъ, какъ только я начну ей надоѣдать.

— Одинъ вопросъ,— выговорилъ я шутливо.— Вамъ, я думаю, теперь очень легко живется оттого, что вы мстите мужчинамъ?... Это хорошо!

— Вы меня хвалите?

— Еще бы!

— Да,— произнесла она медленно и добавила, точно смакуя каждое слово:— я никому не вѣрю.

— И мнѣ въ эту минуту?

— И вамъ.

— Почему же?

— Вамъ просто надоѣло приставать ко мнѣ. У васъ есть, вѣроятно, что-нибудь другое...— добавила она съ усмѣшкой.

— А если нѣтъ?

— Прискучило... У васъ теперь мѣсто, вы ѣдете на югъ, какъ же знать?

И по лицу ея прошелся сдержанный спазмъ зѣвоты. Я ей былъ не нуженъ. Она велѣла бы меня спустить, какъ и въ послѣдній разъ, когда послала за городовымъ. Вотъ сейчасъ отдамъ ей бумаги и... ступай вонъ!

Меня охватилъ припадокъ ярости. Безъ него, не знаю, достало ли бы у меня духу вынуть изъ боковаго кармана револьверъ. Говорю это теперь не затѣмъ, чтобъ оправдываться, но такъ было.

Я всталъ и уже на ногахъ выхватилъ пистолетъ.

Мари мгновенно поднялась, оттолкнула меня, крикнула и отбѣжала къ дверкѣ. Въ догонку ей я выстрѣлилъ. Она крикнула еще разъ, и мнѣ показалось, что я ее ранилъ.

Изъ дверки выскочило двое плотныхъ мужчинъ, въ штатскомъ, кинулись на меня и вырвали изъ рукъ револьверъ, очень быстро и ловко, какъ настоящіе тайные агенты. Они же скрутили мнѣ руки.

Когда въ головѣ моей прошелъ родъ тумана, точно какое-то облако, я сказалъ имъ:

— Вы можете отпустить мнѣ руки, я не убѣгу. Извольте посылать за полиціей и прокуроромъ.

Они все еще держали меня. Мари исчезла изъ комнаты: она не была ранена, пуля ударилась о косякъ.

Изъ гостиной явился вдругъ генералъ. Онъ былъ тутъ, въ квартирѣ. И оба агента спрятались за дверкой. Они подготовили ловушку, какъ настоящему злоумышленнику, пришедшему съ повинной, которой плохо вѣрили.

— Обыскать его!— крикнулъ генералъ.

Меня обыскали. Я не сопротивлялся. Съ минуты моего выстрѣла я впалъ въ совершенно пассивное состояніе,— моя роль была сыграна.

XII

Дѣло началось. Я сидѣлъ подъ стражей и дожидался перваго допроса: "дожидался" — это не то слово. Я ничего не ждалъ. Меня даже мало интересовали: самый допросъ, выборъ защитника, моя судьба въ залѣ суда. Фактъ былъ налицо. Полное признаніе — неизбѣжно для меня. И преднамѣренности я не хотѣлъ отрицать, да и слишкомъ глупо было бы это дѣлать. Защитника я взялъ бы отъ суда и сталъ бы его просить: не разоблачать положенія моей жены; я бы ему не разсказалъ ничего лишняго и о нашемъ прошедшемъ. Дѣло простое: хотѣлъ ее заставить уѣхать со мною, она не согласилась, я пришелъ и выстрѣлилъ въ нее...

Сидѣть въ одиночной камерѣ — значитъ думать. И голова начала работать,— не сердце, а только голова. Сердце замерло. Изъ него точно вырвали что-то. Ни страсти, ни злобы противъ одной личности, ни любовной тоски,— ничего!

Голова только дѣлалась все яснѣе и все больше и больше вступала въ свои права.

Моя "исторія" начала представляться мнѣ смѣшнымъ, балаганнымъ донъ-кихотствомъ, да и все-то мое душевное "возрожденіе"!... Изъ чего я бился? Неужели и впрямь надѣялся устроить свою жизнь одною "добродѣтелью", про которую мнѣ такъ язвительно сказалъ покровитель моей жены у себя въ кабинетѣ?

Какой наивный самообманъ! Что я дѣлалъ? Изъ шалопая и почти шантажиста превращался въ честнаго работника; но во имя чего? Во имя какой-то сантиментальной блажи, изъ самоотверженной любви къ такому существу, какъ жена моя! И это не шутовство? А почему же я не остался въ трудовой, тихой жизни безъ такой блажи? Что же мнѣ мѣшало?

И эти вопросы показались мнѣ наивными и глупыми. Какъ же я, недавній тунеядецъ и виверъ на чужой счетъ, какъ могъ я надѣяться встать окончательно на ноги? Гдѣ поддержка? Кто торжествуетъ? Кто правъ: я или моя жена, или ея генералъ? Конечно, они правы, а не я. Я ихъ презираю, да, вѣдь, и они меня также; но сила на ихъ сторонѣ. Будь я настоящій герой, я еще скорѣе попалъ бы на скамью окружнаго суда.

Вотъ къ какимъ выводамъ приходилъ я въ моей камерѣ. И этотъ фактъ, что я пойду въ Сибирь, хотя; быть можетъ, и не на каторгу, становился въ моихъ глазахъ крайне нелѣпымъ. За за что же лишусь я единственнаго моего блага — свободы? Вѣдь, я не убилъ и даже не ранилъ жену мою, живущую явно на содержаніи, послѣ того, какъ мнѣ грозили высылкой; а я требовалъ только законнаго водворенія ея подъ супружескій кровъ. Еслибъ я захотѣлъ даже нанять хорошаго защитника и выводить наружу всю подкладку моего покушенія, еще сомнительно, оправдали ли бы меня. Быть можетъ, потому только, что мнѣ угрожали высылкой? Но какъ это доказать? Генералъ, разумѣется, отперся бы отъ своихъ словъ. Разговоръ былъ съ глазу на глазъ. Да предположимъ, что меня бы и оправдали, кто же мнѣ поручится, что на другой же день меня не выслали бы, какъ шантажиста, вымогавшаго деньги у своей несчастной жены, такой порядочной и изящной женщины?...

Неожиданно меня потребовали. Я думалъ — въ слѣдователю. Но это оказался посланный отъ имени генерала. Его разговоръ со мною былъ также съ глазу на глазъ. Не могу не сознаться, онъ говорилъ со мною очень ловко, точно угадалъ, въ какой моментъ попадаетъ онъ ко мнѣ.

Смыслъ былъ простъ: угодно мнѣ рисковать исходомъ процесса и даже, въ случаѣ оправданія, лишиться свободы въ другомъ видѣ, какъ подозрительная личность, которую есть всегда поводъ и возможность выслать не гласно, или... или...

— Или что?— спросилъ я, еще не видя вполнѣ ясно, черезъ какой каналъ уйду я отъ этихъ двухъ возможностей...

— Или получить занятіе, котораго честные люди гнушаются.

Онъ это выразилъ безукоризненными, очень мягкими фразами. Генералъ обѣщалъ мнѣ прекратить дѣло и устроить меня на особаго рода службѣ. Для нея, по его наблюденіямъ надъ моею личностью, я долженъ имѣть большія способности.

Я все выслушалъ и не возмутился. Посланный генерала попросилъ у меня отвѣта въ теченіе двадцати четырехъ часовъ, больше я и не желалъ...

Меня часто называла "презрѣннымъ" та женщина, за которую я погибаю. Она меня довела до уголовнаго преступленія. Да если и не она, а моя собственная дрянность, то, все-таки, ею же была растоптана моя, положимъ, смѣшная страсть, нелѣпая жалость къ ней; изъ-за нея мой поздній возвратъ въ другой жизни такъ мизерабельно свихнулся.

Мнѣ надоѣла честная борьба съ порочною суетой, игра въ порядочность и всякая жертва. Я принимаю "постыдное" предложеніе генерала. Что-жь, вѣдь, такъ всегда ведется. Пойманнымъ ворамъ предлагаютъ быть сыщиками: и у насъ, и въ разцивилизованной Европѣ.

Никто не можетъ войти въ мою душу такъ, какъ я самъ. У меня нѣтъ злобности — и это очень жаль; но я способенъ буду забавляться моею ролью,— разумѣется, въ нарядныхъ сферахъ, гдѣ я выросъ и воспитался, гдѣ мой бывшій сосѣдъ Леонидовъ удилъ свою мелкую рыбешку, служа мелкимъ агентомъ по бракоразводнымъ дѣламъ. И онъ, быть можетъ, про себя потѣшался. Къ политикѣ меня не приставятъ; я и не возьмусь за это,— тамъ не тѣ чувства и страсти, не тѣ люди.

Буду сытъ, сохраню свободу: это главное. Какими же высшими задачами могу я теперь задаваться? Все кажется мнѣ одною сплошною буффонадой. Кто знаетъ, придется, пожалуй, выслѣживать и хищническія продѣлки собственной супруги, когда ея теперешній покровитель умретъ отъ удара, не успѣвъ обезпечить ее? Да она не удовольствуется и тѣмъ, что онъ ей можетъ передать при жизни или по завѣщанію. Она далеко пойдетъ. У ней всѣ данныя для высшей "проводительницы" темныхъ дѣлъ. Она слишкомъ закоренѣла въ полномъ бездушіи ко всему, что — не эксплуатація мужчины.

Не придется ли мнѣ дѣлать больше добра, чѣмъ зла, даже не желая этого? Я говорю такъ не для выгораживанія своего достоинства. Вотъ что судьба мнѣ готовила,— оправдываться я не стану.

А озлюсь — тѣмъ лучше! Съ какою радостью буду я распутывать безчисленныя нити повальнаго бездѣльничества и все глубже убѣждаться въ томъ, что, какъ бы я ни упалъ въ своихъ глазахъ, я не ниже многихъ, кто вправѣ отскакивать отъ меня, какъ отъ зачумленнаго.

Мари, до свиданія! Мы еще встрѣтимся.

www.ingramcontent.com/pod-product-compliance
Lightning Source LLC
Chambersburg PA
CBHW020343260626
47156CB00004B/1672